10658023

Anne Wiazemsky

Mon enfant
de Berlin

Gallimard

Anne Wiazemsky a publié des nouvelles, *Des filles bien élevées* (Grand Prix de la nouvelle de la Société des Gens de Lettres, 1988), et des romans, *Mon beau navire* (1989), *Marimé* (1991) et *Canines* (prix Goncourt des lycéens, 1993). Elle a reçu le Grand Prix de l'Académie française en 1998 pour *Une poignée de gens*. En 2001 paraît *Aux quatre coins du monde*, en 2002 *Sept garçons*, en 2004 *Je m'appelle Élisabeth*, en 2007 *Jeune fille* et en 2009 *Mon enfant de Berlin*. Elle a été également actrice et a joué notamment dans des films de Robert Bresson, Jean-Luc Godard, Pier Paolo Pasolini et Philippe Garrel.

*À la mémoire de Claire,
de Wia et de leurs amis du
96 Kurfürstendamm.*

En septembre 1944, Claire, ambulancière à la Croix-Rouge française, se trouve encore à Béziers avec sa section. Elle a vingt-sept ans, c'est une très jolie jeune femme avec de grands yeux sombres et de hautes pommettes slaves. Si on lui en fait compliment, elle feint de l'ignorer. Elle n'a pas le temps de se contempler dans un miroir, ou alors fugitivement et toujours avec méfiance. Elle souhaite n'exister que par son travail depuis son entrée à la Croix-Rouge, un an et demi auparavant. Son courage moral et physique, son ardeur font l'admiration de ses chefs. Ses compagnes, parfois issues de milieux sociaux différents du sien, ont oublié qu'elle est la fille d'un écrivain célèbre, François Mauriac, et la considèrent comme l'une d'entre elles, rien de plus. Cela la rend heureuse. Elle aime ce qu'elle fait, la nécessité de vivre au jour le jour. Au volant de son ambulance, quand elle transporte des blessés vers des hôpitaux surchargés, elle se sent vivre, pour la première fois de sa jeune vie. Une vie sans passé, sans futur. Une vie au présent.

De sa chambre, elle regarde les toits de Béziers, la lumière dorée de la fin d'après-midi sur les tuiles. Des cloches sonnent. Sur la grande table qui lui sert de bureau, son précieux poste de T.S.F. et un bouquet de roses de jardin. À côté du vase, le cahier où elle relate quand elle peut le récit de ses journées : son journal. Autour, de nombreuses photos de ses parents, de ses frères et de sa sœur avec son bébé. Une autre, un peu à l'écart, représente un jeune homme en uniforme de soldat qui se force à sourire. Parfois, elle le contemple attendrie, amoureuse, mais maintenant, de plus en plus souvent, elle l'évite.

Ce jour-là, elle est juste attentive à ce qu'elle éprouve, un bien-être physique dû à la douceur de l'air et à un copieux repas constitué de tomates, d'œufs et de prunes trouvées dans une ferme abandonnée. Bientôt il y aura d'autres repas, bientôt elle cessera d'avoir faim. Malgré les combats qui continuent, la guerre n'est-elle pas presque finie ?

Une question alors s'impose : doit-elle rejoindre sa famille comme celle-ci le lui demande ou bien lui désobéir et suivre les armées ? La plupart de ses compagnes ont déjà fait un choix dans un sens ou dans l'autre.

Claire allume une cigarette. Inspirer la fumée, la rejeter par les narines est un plaisir dont elle ne se lasse pas. Même aux pires moments, fumer une cigarette, n'importe laquelle, l'aide à affronter le quotidien, à trouver en elle le détachement nécessaire. Un jeune lieutenant dont elle vient de faire la connaissance lui a offert toute une cartouche qu'il tient de l'armée américaine. En échange, elle doit lui faire visiter la région. Mais ils n'ont pas pris de rendez-vous, ce soldat peut être appelé à rejoindre le combat dans les jours qui viennent.

Par la fenêtre, elle regarde à nouveau les toits de Béziers. Cette ville, elle l'a aimée tout de suite et de devoir bientôt la quitter lui cause un réel chagrin. Pour aller où, ensuite ? Voilà que se repose la question à laquelle elle ne sait pas répondre.

Elle prend son cahier, s'allonge sur le lit et commence à le feuilleter comme si revoir son passé pouvait l'aider à décider de l'avenir. Elle passe très vite sur les pages concernant ses débuts à Caen puis s'attarde sur celles où elle parle de Patrice, prisonnier en Allemagne, avec qui elle correspond depuis le début de la guerre. « Mon fiancé, prononce-t-elle à mi-voix, mon fiancé... » Elle lève les yeux vers son portrait, près du vase de fleurs et le contemple avec attention. Il lui semble qu'elle ne se souvient plus aussi exactement de sa façon de se mouvoir, du timbre de sa voix.

À la date du 19 décembre 1943, lors d'un bref passage à Paris, elle a noté :

« Journée tout entière passée chez les parents de Patrice alors que je n'y étais venue que pour le déjeuner. C'est extraordinaire comme j'aime cette famille. J'ai vraiment l'impression d'être des leurs. Ses frères lui ressemblent beaucoup. Nous avons naturellement parlé de Patrice. Comme ils l'aiment et comme leur amour déborde sur moi. À leurs yeux, je suis celle que Patrice aime et je suis sacrée. En plus ils me trouvent très jolie.

Comme j'ai changé depuis l'année dernière ! Il y a un an, j'étais très malheureuse. Patrice n'était rien ou presque rien pour moi alors que maintenant il a pris une place qui grandit tous les jours davantage. Je pensais à lui avec ennui et j'avais presque peur de le voir revenir. Maintenant je compte les jours, je voudrais le voir, le toucher, lui parler, le remercier de tant m'aimer, de m'avoir appris à l'aimer, à l'attendre avec tant de joie et d'impatience.

Il y a un an, j'échouais à l'examen d'entrée à la Croix-Rouge. J'étais triste car je doutais de moi. Aujourd'hui, je sais que je suis capable. Ainsi, en cette fin d'année, je suis contente du chemin parcouru. Il me semble que Caen m'a fait un bien immense. Je suis moins égoïste et surtout je sais mieux apprécier le vrai bonheur. Je suis moins blasée. Je m'aime moins pour moi que pour Patrice. Je l'attends. Je prends un immense plaisir à imaginer notre appartement et ma vie à ses côtés. »

Sur les pages suivantes, Claire a minutieusement recopié les lettres qu'elle a envoyées à

Patrice. Elle y relate des fragments de sa vie quotidienne mais se plaît surtout à rêver leur vie future dans un monde pacifié. Ce sentimentalisme, l'affirmation chaque fois répétée de son amour brusquement l'excèdent. « Quels enfantillages ! » pense-t-elle. Et aussitôt après : « Comme je me suis engagée ! » Elle en oublie que les lettres répondent à celles de Patrice, rangées dans sa valise et qu'elle relit rarement. « Pas le temps », dit-elle à voix haute comme si on lui en demandait la raison. Elle ne lui a pas écrit depuis plusieurs jours et un soupçon de remords lui gâche la fin de sa cigarette. Vite, elle saute ces fâcheuses pages et allume une nouvelle cigarette au mégot de la précédente. Elle préfère revenir à des récits plus flatteurs qui, pense-t-elle, reflètent davantage la jeune femme qu'elle est devenue grâce à la guerre. Comme souvent, c'est une lettre qu'elle a recopiée avant de la faire transmettre par une de ses compagnes en permission. Celle-ci est adressée à sa famille, 38 avenue Théophile-Gautier, Paris XVIᵉ.

« 21 août 1944

Mes adorables petits parents, je commence juste à réaliser que je suis dans un pays libre et que je peux écrire ce que je veux. Je pense terriblement à vous. Avant-hier soir, lorsque les postes de la T.S.F. criaient la libération de Paris, j'avais envie de pleurer tant j'étais triste de ne pas y être. À ce moment-là, j'aurais donné tout ce que j'ai vécu pendant ces quelques mois à la C.R.F. pour ces quelques heures à Paris.

Vous devez avoir vu des choses formidables et j'ai presque honte de vous raconter le peu de choses que j'ai fait.

Pendant des jours et des jours, les convois allemands sont passés à Béziers. Nous, nous continuions nos missions sur des routes encombrées. Assise sur l'aile de la voiture, j'interrogeais le ciel. Plusieurs fois nous avons été prises dans d'énormes convois. Il nous était impossible d'en sortir, sauf quand les avions étaient au-dessus de nous, car la colonne s'arrêtait au bord de la route. Les Alliés ont souvent mitraillé, mais jamais au-dessus de nous. On comprenait ce qui se passait à la figure des Allemands et à leurs voitures en feu.

Dimanche dernier, mitraillage de la ville. De 5 à 9 heures du soir, les tanks ont traversé la ville en mitraillant : 15 morts, 50 blessés. Imaginez votre petite Claire avec sa copine Martine et un agent mettant une demi-heure pour arriver jusqu'à mon ambulance. Le plus dangereux était la traversée des grandes avenues. On faisait un pas et on se collait contre le mur à cause d'une rafale de mitrailleuse. Nous avons fini par marcher lentement au milieu de la rue en montrant nos écussons et en levant les bras. Plusieurs fois, des fusils qui nous visaient se sont baissés. Pendant quatre heures nous avons parcouru les rues de Béziers pour relever les blessés. Les balles sifflaient partout, c'était formidable. Les Allemands n'ont jamais tiré directement sur nous. Je me suis mise à un moment entre deux tanks et un soldat allemand m'a fait signe de mettre un casque. Je n'ai pas eu peur et si ce n'était les morts et les blessés, j'aurais été folle de joie. Sans Martine et moi, un homme serait mort d'hémorragie. Il le sait et, chaque fois que nous allons à l'hôpital, il nous remercie. Cela fait plaisir et console de bien des choses.

J'ai passé les deux jours suivants de morgue en morgue. J'ai vu d'horribles blessures, une toute jeune fille morte que sa mère ne voulait pas laisser partir. Un jeune F.F.I. avec la bouche pleine de vers, etc., etc. J'ai été chercher dix cercueils pour dix morts.

Et puis les F.F.I. sont arrivés. Pas très beaux, pas beaucoup d'enthousiasme. Pendant tout un jour, ils ont tiré des toits et des rues sur des miliciens plus ou moins imaginaires. Pendant ce temps, je transportais les blessés d'un petit bombardement aérien. Les avions passaient au-dessus de nous et mitraillaient partout. Je n'ai pas eu le temps de penser que je pouvais mourir.

Hier, nous avons été appelés d'urgence pour aller chercher des blessés du maquis à Saint-Pons. J'étais d'autant plus contente que l'on disait que l'on s'y battait encore. On arriva dans un pays tout à fait calme après plusieurs jours de guerre. Les Allemands avaient complètement pillé la ville et allaient tout brûler, quand ils s'aperçurent qu'ils avaient une trentaine de blessés chez eux. Nous avons commencé à leur administrer les premiers soins, ils virent qu'ils allaient être bien soignés et ils nous dirent : "Nous ferons notre devoir comme vous faites le vôtre." Et ils partirent. Les blessés du maquis avaient déjà été évacués et ce furent ces grands blessés allemands que nous ramenâmes à Béziers. Je suis restée une heure avec eux à l'hôpital. Ils souffraient tellement que j'en avais mal au cœur. J'aurais voulu avoir de la haine, je n'avais qu'une immense pitié et j'aurais voulu pouvoir les soulager. L'un d'eux, un pauvre gosse de dix-huit ans, avait une péritonite. Il était perdu et le médecin n'a pas voulu l'opérer. Sa main brûlante s'agrippait à la mienne et il me regardait avec des yeux tellement suppliants que je me suis mise à pleurer. Je pensais à tous ces hommes qui comme lui mouraient loin de leur famille. Je ne suis pas faite pour être infirmière, je serais trop malheureuse.

17 heures. Là, je viens d'aller chercher un homme qui est mort devant moi suite au mitraillage de dimanche. Je n'aime pas les morts mais j'aime encore moins voir sangloter les familles.

Il fait lourd, la ville est pleine de F.F.I., d'étoiles et de drapeaux. On espère voir arriver très bientôt les Américains au port de Sète. Figurez-vous que c'est à Sète, Agde, etc., qu'ils devaient débarquer. Ils n'ont demandé les plans de la Côte d'Azur que dix jours seulement avant le débarquement. »

Claire referme le cahier afin de méditer sur ce qu'elle vient de lire et qui l'aide à mettre de l'ordre dans ses idées. Elle se reconnaît volontiers un certain courage dans l'action et, plus que ça, du goût. « Une bonne dose d'inconscience, oui ! » la sermonnerait sa chef de section. Claire, dans la quiétude de sa chambre, lui répondrait avec naturel : « J'aime le danger. »

Elle éteint sa cigarette, se lève, va s'accouder à la fenêtre. Le soleil décline, l'ombre gagne les toits. Dans le ciel, des hirondelles tracent des cercles de plus en plus étroits et crient comme pour saluer la fin du jour, l'arrivée de la nuit. En bas, dans la cour de l'immeuble, deux de ses camarades sortent dîner en ville. Comme Claire, elles terminent leur journée de congé et ont troqué leur uniforme bleu « Royal Air Force » pour des vêtements qui les font ressembler à toutes les autres femmes. Claire hésite à les rejoindre. Mais elle n'en a pas vraiment envie, pas encore tout du moins. Il sera temps, un peu plus tard, de faire le tour des deux ou trois cafés où elles ont leurs habitudes. Elle trouve à la fois délicieux et étrange cette journée sans la moindre alerte ; le silence de la ville. Pour peu, sa chère ambulance lui manquerait. Elle ignore son emploi du temps pour la semaine à venir. Cela la ramène au choix qu'elle doit faire dans quelques jours.

La venue de la nuit apporte une fraîcheur nouvelle qui la fait frissonner. Elle enfile un tricot sur son chemisier, allume les lampes et contemple avec satisfaction son reflet dans le grand miroir au-dessus de la cheminée. Son visage bronzé est reposé, ses traits détendus. Elle n'a plus cette expression sombre qui est la sienne souvent et qui déconcerte ses proches. Elle fait bouffer ses épais cheveux bruns lavés le matin même, remarque à quel point ses mains sont négligées : des mains de travailleuse. Où trouver du vernis à ongles, un matériel de manucure ? À Paris, elle n'aurait que l'embarras du choix. Elle aurait encore le confort douillet de l'appartement de ses parents, de quoi manger à sa faim, du feu pour se chauffer à l'approche de l'hiver. Comme tous les Français, elle a terriblement souffert du froid au cours de ces années de guerre. Si elle s'est tant plu à Béziers, c'est à cause de son climat, des journées ensoleillées, du ciel presque toujours bleu. Tout à coup son reflet dans la glace a perdu de son charme, elle y lit l'effroi, quelque chose de désespéré qu'elle sait avoir en elle et qu'elle avait presque oublié. Elle se détourne du miroir et allume la T.S.F. : c'est le début du *Concerto pour clarinette* de Mozart, l'allégro. Elle se rappelle comment, durant les heures sombres de l'Occupation, son père reprenait des forces en écoutant Mozart. Parfois, il lui arrivait de s'enfermer seul au salon pour être au cœur de la musique. Elle se souvient qu'il disait trouver dans l'andante « je ne sais quel reproche à Dieu, une plainte d'enfant déçu ». Déjà, elle respire mieux. Elle sent qu'elle doit reprendre sa lecture et s'installe confortablement sur son lit, le cahier dans une main, une nouvelle cigarette dans l'autre. C'est la suite de la lettre recopiée adressée à ses parents où elle raconte pour la première fois la part jusqu'alors tenue secrète de sa vie à Béziers.

« 28 août 1944

Hier, grande manifestation politique. Je pensais à Paris et je trouvais tout bien moche et bien petit. Il y eut pourtant une belle cérémonie au mur des fusillés où j'avais été chercher huit corps. La vie ici est d'un calme à pleurer. J'ai bien l'intention de ne pas y moisir. Il me tarde d'avoir de vos nouvelles, il me tarde que l'on parle de papa. Peut-être aurais-je bientôt la joie d'entendre sa voix à la T.S.F.

Je me souviens de vous avoir écrit des lettres bien tristes qui étaient presque des adieux tant j'avais peur de mourir. Cette peur ne venait pas uniquement des morts que je voyais, des bombardements, mais surtout de la vie que nous avons menée jusqu'à maintenant. Songez que la section a été de janvier jusqu'à ces jours-ci le lieu de rencontre de tous les chefs de la Résistance de la région. Jusqu'au débarquement, ils étaient deux ou trois chaque jour à déjeuner et souvent à coucher à la section. Notre chef était agent de liaison ; nous avions des armes plein la maison et mon ambulance a fait je ne sais combien de transports d'armes, d'explosifs, de chefs de maquis, etc. Nous avons été chercher des maquisards blessés, prévenir le maquis de descentes d'Allemands. J'avoue que ce n'était pas de tout repos et il m'est arrivé d'avoir peur surtout lorsque, par exemple, nous attendions Renée qui ne revenait que plusieurs heures après le moment prévu. Nous avons passé des nuits à l'attendre ! Il est arrivé qu'un chef de la Résistance nous dise : "Si à minuit elle n'est pas là, je file car la Gestapo ne tardera sûrement pas à venir." Et il partait, et l'attente continuait. Une nuit, je suis montée avec l'un d'entre eux sur un toit pour cacher tous nos revolvers sous les tuiles. Je me souviens qu'il y avait un beau clair de lune et je pensais à de drôles de choses.

Le jour où je suis allée chercher les corps des fusillés, je n'osais pas y aller tant j'avais peur d'en connaître un. Et lorsque j'ai vu le pauvre corps d'une femme qui n'avait rien fait, j'ai eu un haut-le-cœur terrible en pensant à moi. Ce n'était pas très chic de ma part mais il n'y avait rien à faire, je me voyais dans mon sang comme si c'était fait.

J'aurais bien aimé écrire mon journal mais il n'en était pas question, c'était trop dangereux. La Gestapo recherchait bien une femme du nom de Renée, mais ils n'arrivèrent jamais jusqu'à nous. Nous étions toujours sur le qui-vive et j'avais un passeport pour l'Espagne. Il m'est arrivé de partir en mission avec mon revolver et je vous assure que j'aurais su m'en servir. Nous étions heureusement très bien avec la Kommandantur qui nous donnait les permis que nous demandions parce que nous avions bien travaillé pendant les bombardements. Ils avaient en plus une grande confiance en la Croix-Rouge française. Pour moi c'était le côté désagréable de l'histoire parce que si nous avions été prises cela aurait compromis la C.R.F. qui est une chose formidable et épatante. Nous étions les seules voitures qu'ils n'arrêtaient presque jamais. On jouait là-dessus et on gagnait à tous les coups. Les rares fois où ils arrêtaient l'ambulance, ils trouvaient un maquisard qui faisait le malade, alors ils refermaient vite la porte sans demander de papier et nous disaient : "Beaucoup travail, c'est bien !"

J'ignore si vous avez reçu la lettre dans laquelle j'essayais de vous faire comprendre que j'étais allée dans un maquis. Un matin, je suis partie avec deux médecins de la section et le chef F.T.P. jusqu'à leur maquis en pleine montagne.

Pendant quarante-huit heures j'ai fait la tournée des maquis aidant à distribuer des médicaments, soignant et amenant les blessés et les malades. À la fin de la première journée, je venais de faire le plein d'essence avec un maquisard, lorsque nous dépassâmes un gros camion de ravitaillement. Il me fit rouler au même niveau que lui et tout en braquant sa mitraillette sur le chauffeur, il lui ordonna de nous suivre. Ce soir-là, on fit bombance au maquis ! Je ne vous parle pas du dîner, de cette soirée passée autour d'un feu de camp, des chants. Ni du retour en pleine nuit avec des phares qui n'éclairaient pas et votre petite Claire qui s'est arrêtée pile devant un précipice, ni de la nuit dans l'ambulance, sur les brancards pleins de sang, dans de sales couvertures qui couvrirent je ne sais combien de morts et de malades, ni du sommeil qui malgré tout s'est emparé de moi. Le lendemain, nous roulions de nouveau à 7 heures.

Je pense brusquement aux débarquements et je dois vous dire que nous connaissions tous les messages. Ainsi vous imaginez notre excitation lorsque les premiers passèrent. Ce que nous ne pensions pas, c'est que certains messages comme : "À mon commandement, garde-à-vous !" ou : "Il en rougit le traître" étaient pour toute la France ! Ainsi, la veille du premier débarquement, en les entendant, nous crûmes que c'était pour nous ! Quelle nuit ! Ils étaient tous là. L'un d'entre eux qui est maintenant capitaine préparait tous les explosifs dans le salon, et une heure après il mettait à exécution LE PLAN VERT en faisant tout sauter. Nous les filles, nous écoutions et à chaque nouvelle explosion nous nous disions : il n'est pas encore pris. Quelle déception de ne rien entendre de plus et d'apprendre le lendemain qu'ils avaient débarqué à Caen. »

Bravant le froid,
Bravant la faim,
Bravant les chiens,

Sans jamais perdre courage,
Ce sont ceux du maquis,
Ceux de la Résistance,
Ce sont ceux du maquis,
Jeunesse du pays...

Claire chantonne ce qu'elle a entendu dans le maquis lors de ce merveilleux dîner improvisé autour d'un feu de camp. Elle n'est pas sûre des paroles, ni de la musique mais ce chant la fait frissonner d'émotion et de fierté. Il faut qu'elle trouve quelqu'un capable de lui dire le texte exact pour qu'elle puisse le recopier dans son journal. Elle se relit une dernière fois.

« Samedi 2 septembre 1944

Bonjour mes petits parents chéris. Il me tarde horriblement d'avoir de vos nouvelles. Je ne serai contente que lorsque j'aurai une lettre me disant que vous allez tous bien. Moi, je vais très bien. Je travaille beaucoup mais je trouve ces missions d'un fade à pleurer.

Ici, rien de nouveau. Il pleut. Heureusement car depuis une semaine il faisait une chaleur accablante.

Hier, je dormais profondément quand je dus aller chercher deux hommes blessés par balle de revolver. Imaginez un jeune homme, F.F.I. naturellement, qui montre son revolver à un agent en lui disant : "Tu n'en as sûrement pas un aussi joli que moi". L'agent lui dit : "Doucement, tourne ton arme de l'autre côté — Il n'y a pas de danger", dit l'autre qui retire le chargeur, met le canon sur son ventre et tire.

Il y avait une balle dans le canon qui l'a transpercé de part en part et qui est venue se loger dans le foie d'un homme qui se trouvait derrière lui. Je ne sais pas si c'est le fait de m'être levée brusquement ou de voir tout ce sang, ces vomissements, ces pauvres figures, mais j'ai été prise de mal au cœur et j'ai dû quitter la salle d'opération.

J'apprends juste à l'instant qu'ils sont morts tous les deux. Il y a eu je ne sais combien d'accidents par arme à feu. Je ne comprends pas pourquoi on ne désarme pas tous ces gosses. Ils sont tellement fiers, qu'ils s'amusent tout le temps avec leurs joujoux.

Surtout ne racontez pas à tout le monde ce que nous avons fait avec nos ambulances pour les résistants. N'oubliez pas que nous travaillons sous le drapeau C.R.F. et que nous n'avions pas le droit de le faire. Il me tarde de travailler ouvertement pour les armées. Je n'ai pas une âme d'espionne. »

À la T.S.F., c'est la fin du *Concerto pour clarinette*. Pour l'avoir si souvent écouté, elle sait qu'il s'agit du troisième mouvement, le rondo. Elle songe que deux de ses amis les plus chers, ses « soupirants » comme les surnomme sa famille, se battent encore quelque part contre les Allemands et qu'ils n'ont pas donné de nouvelles depuis longtemps. Sans s'être concertés,

ils l'appellent « Clarinette ». Où sont-ils ? Vivent-
ils seulement ?

Deux brefs petits coups et la porte s'ouvre. Une tête de blonde ébouriffée se profile dans l'embrasure. Des yeux bleus myosotis, un petit nez impertinent, un sourire irrésistible : c'est Martine, sa coéquipière préférée dont la bonne humeur constante l'a souvent aidée.

— Je descends dans la cuisine nous préparer un frichti. Tu viens avec moi ? Après on ira voir si les autres sont au café.

— J'arrive dans cinq minutes.

La porte est refermée doucement mais les hauts talons en liège de Martine claquent sur le plancher du couloir. Claire se débarrasse de son cahier, attrape un bloc, un stylo et se met à écrire :

« Béziers, 21 septembre
Mes chers parents, si la guerre est vraiment finie partout, je serai bientôt parmi vous, mais si elle continue, je monterai vers le front. Je souhaite de toutes mes forces qu'elle se termine pour vous revoir et pour que toutes ces blessures finissent. Mais si cela continue, je monterai avec joie. »

Elle leur a dit le principal mais elle juge que c'est trop brutalement annoncé et qu'il conviendrait de le faire avec un peu plus de tact, de respect pour le choc qu'ils vont éprouver à la lecture de sa lettre. Commencer par le récit de sa journée de congé? Réclamer de leurs nouvelles à tous? Facile, elle refera sa lettre en rentrant de sa soirée. Pour l'instant elle se sent délivrée d'un poids énorme et elle a un besoin urgent d'annoncer sa décision à Martine, aux autres filles, peut-être.

Journal de Claire :

« Lundi 9 octobre 1944, minuit
Après-demain je quitterai Béziers. Je ne peux dire combien je suis contente mais aussi combien je suis triste. Voilà un autre chapitre de ma vie qui se termine. Neuf mois ! Toute une vie et quelle vie ! J'ai été heureuse ici et je regrette presque tout. Si je ne partais pas pour revoir ma famille et pour rejoindre l'armée, il me semble que je pleurerais toutes les larmes de mon cœur. Malgré ma joie, je suis triste, affreusement triste. Béziers est je crois la plus belle page de ma vie. J'aurai vécu pleinement, complètement. »

Elle contemple une modeste bague en fer-blanc munie d'une fausse améthyste, une bague de petite fille, que le jeune lieutenant rencontré en septembre vient de lui offrir. Cette nuit, c'est lui qui occupe toutes ses pensées.

« J'ai tant de peine à le laisser tout seul, si seul. Sa peine me bouleverse et ce soir je n'étais même plus contente de revoir mes parents et pourtant... Si je ne le laissais pas, je ne serais pas aussi triste, mais je sais qu'il est malheureux et je ne peux pas être heureuse. Je ne l'oublierai jamais. Il a été mon bon ange. Il m'aimait vraiment et je lui suis reconnaissante de tout ce qu'il m'a donné. Je n'oublierai jamais son visage et ses yeux. C'est la vie, il est inutile de pleurer, mais on peut se souvenir. Que c'est bête de s'attacher ainsi. Comme cette vie m'a changée. J'étais une gosse, je suis une femme. »

Claire se lève et enfile son manteau de fourrure. Dans la cheminée, les dernières bûches se sont consumées, les quelques braises qui restent ne chauffent plus rien. Elle souffle sur ses doigts engourdis, les frotte les uns contre les autres. Dehors il pleut à verse. Une pluie dense qui dure depuis deux jours et qui lui fait oublier qu'elle se trouve dans le midi de la France. Ce qu'elle vient d'écrire la met mal à l'aise. Pourquoi se laisse-t-elle aller à parler de cet homme alors qu'elle s'était jurée de taire son existence ? Lors de leur rencontre, elle lui avait avoué qu'elle était fiancée, qu'elle s'apprêtait à quitter Béziers. Elle a aussi appliqué ce que la guerre lui a enseigné : vivre le moment présent. Elle n'imaginait pas que cette rencontre lui apporterait autre chose qu'un bien-être passager. Elle se croyait forte, armée contre le chagrin, contre ce qu'elle appelle avec mépris « les tracas du cœur ».

Pour se distraire, Claire regarde des photos de sa famille. Sur l'une d'entre elles, Luce, sa sœur, très enceinte, joue par terre avec sa petite fille âgée de deux ans. Leurs deux frères, Claude, l'aîné, et Jean, le cadet, l'entourent et sourient à l'objectif. Ils fument chacun une cigarette avec des airs faussement virils. La scène se passe dans le salon de leurs parents, avenue Théophile-Gautier. Claire suppose qu'ils viennent de déjeuner, qu'ils en sont au café, enfin à un ersatz de café. Ont-ils eu suffisamment à manger ? Elle, à Béziers, ne mange pas à sa faim, c'est certains jours une obsession, manger. Comme tant de Français, elle a cru naïvement que la victoire diminuerait les problèmes de ravitaillement. Durant la guerre, la vie quotidienne était si dure, si dangereuse, qu'elle n'avait pas le temps de trop y songer. Elle reprend son cahier.

« Maman m'écrit qu'ils sont tous désespérés de mon départ aux armées. Je ne sais pas si mon devoir n'est pas de rester auprès d'eux. Pourtant, je sais que je partirai. Ils vont être malheureux et je vais en souffrir. Est-ce que l'on peut être complètement heureux ? Il faut toujours que quelqu'un souffre.

Claude est allé en avion en Normandie chercher des affaires de De Gaulle. Papa redevient mon papa d'avant-guerre. Pourquoi est-ce que j'aime autant ma famille ? J'en suis fière. Parfois j'ai peur que le destin se venge de tout ce bonheur qu'ils m'apportent, de cette vie facile et heureuse que j'ai eue jusqu'à maintenant. Je pense aussi aux hommes qui sont morts, à ceux qui vont être fusillés, aux prisonniers.

Je ne parle pas de Patrice, je ne peux pas y penser. Lui aussi souffre. Je n'ai même pas fait ce que j'aurais pu faire pour lui. Comme il y a deux ans, son retour me fait peur. Je ne veux pas y penser, il y a tant de choses qui nous séparent. Pauvre Patrice ! Mais aussi, pourquoi n'est-il pas revenu ? C'est de sa faute.

Je suis fatiguée, je suis gelée. Que la vie est triste et étrange ! »

« Mardi 10 octobre, minuit

Cela y est, je ne le verrai plus. Pour la première fois de ma vie, un homme a pleuré devant moi tant sa peine était grande. C'est bouleversant un homme qui pleure. Je n'aurais jamais cru que cela puisse être si beau. Cet après-midi nous avons été ensemble à la plage. La mer était belle et nous étions tristes.

Demain, départ à 6 heures ! Adieu Béziers. »

Claire referme son cahier, le dépose dans sa valise qui contient déjà l'ensemble de ses vêtements et des livres qu'elle n'a jamais eu le temps de lire. Demain, elle voyagera en uniforme avec sa petite croix de Lorraine en or épinglée au revers de sa veste. Une croix de Lorraine que le général de Gaulle a offert aux quatre enfants de François Mauriac et dont elle est très fière. Claire souhaite que l'on reconnaisse en elle une ambulancière de la Croix-Rouge, une combattante. Elle laisse sur les murs les cartes de France, d'Italie et de Russie qu'elle avait punaisées lors de son arrivée afin de mieux suivre la progression des armées alliées. La T.S.F. diffuse *Le concerto pour mandoline* de Vivaldi. Claire sent que son chagrin s'atténue. Ce qu'elle vient d'écrire est la vérité. Ce sont ses larmes à lui qui l'impressionnent. Sans cela, il lui semble qu'elle serait plus indifférente. Elle ramasse les photos, les range dans son sac à main. Celle de Patrice la met de mauvaise humeur. Que ferait-il si elle le quittait? Serait-il capable de pleurer, de s'abandonner devant elle à son chagrin, de montrer sa vulnérabilité? Elle pense qu'il serait comme il l'est en toute circonstance, courageux et digne. Pour peu elle lui en voudrait d'avoir devancé l'appel sous les drapeaux, d'avoir passé toute la guerre prisonnier en Allemagne. Elle se rappelle tout d'un coup qu'elle le jugeait un peu fade, un peu ennuyeux, au début. Mais il s'était porté volontaire pour diriger un bataillon disciplinaire et elle l'avait regardé autrement : quel courage ! Et que cet homme si héroïque soit tombé éperdument amoureux d'elle l'avait épatée, séduite. À son contact, elle s'élèverait, il l'aiderait à grandir, à ne plus être la « charmante petite Mauriac ». Aujourd'hui, après quatre années de guerre, elle s'émeut de la fragilité d'un autre homme... Patrice ignore qu'elle n'est plus la jeune fille qu'il a connue. « J'étais une gamine et je suis une femme », comme elle ne cesse de se le dire. Et lui, qu'est-il devenu ? Ses lettres ne laissent aucune possibilité de discerner le moindre changement.

Ses pensées s'arrêtent net et une angoisse animale la fige sur place. Elle sent monter la migraine, elle en reconnaît les prémices. La migraine, sa vieille ennemie... Elles avaient presque disparu durant l'été, elles sont réapparues début septembre, espacées d'abord, puis de plus en plus rapprochées. Souvent elles sont suivies d'effroyables crises de foie qui la retiennent au lit, dans l'obscurité, près de vingt-quatre heures, quarante-huit parfois. Elle sait que le voyage en train du lendemain ne se déroulera pas mieux qu'en temps de guerre, qu'il y aura des retards, des arrêts imprévus, trop de monde pour pas assez de places assises. Comment rejoindre Paris si une crise de foie succède à la migraine qui, maintenant, s'installe ?

Claire ne peut pas prendre le train le lendemain. Elle reste deux jours au lit, terrassée par la souffrance. Ses compagnes à tour de rôle lui montent du thé chaud car c'est tout ce qu'elle peut absorber. Elles ont appris à se taire : le moindre bruit lui vrille la tête. Le reste du temps, elles font des va-et-vient entre la prison et l'hôpital pour transférer les détenus les plus malades. On craint un début d'épidémie du typhus.

Seule la chienne Freddy, mascotte de la section, est autorisée à demeurer dans sa chambre. Couchée à un mètre du lit, le museau posé sur les pattes avant, elle veille celle qui l'a ramassée, affamée et couverte de blessures, lors des premiers bombardements alliés. Son regard humide d'amour ne quitte pas Claire qui, devant elle, geint sans retenue.

Une voiture dont la mission est de rapporter des médicaments et du matériel chirurgical de Paris, se charge de conduire Claire chez ses parents. Encore affaiblie, elle a abandonné la conduite à sa coéquipière et, allongée à l'arrière, regarde défiler les paysages. Elle ne s'attendait pas à traverser certaines régions aussi dévastées, à tant de ruines, à ces routes défoncées, à l'empreinte presque partout des bombardements et des incendies. Des visages à peine entrevus sont encore marqués par la peur et la faim. La pluie et le ciel bas et sombre accentuent l'aspect désolé du pays. « Pauvre France », murmure Claire le cœur serré. Sa compagne, à l'avant, se tait, concentrée sur la conduite rendue difficile. Elle saura se débrouiller, elle a l'habitude. Mais Claire suppose qu'elles éprouvent l'une et l'autre le même chagrin.

Au fur et à mesure que Béziers s'éloigne, ce Paris qu'elle désirait tant revoir perd de son attrait. Que fera-t-elle au sein de sa famille ?

À quoi servira-t-elle? Elle ne se voit guère reprendre ses cours de sténodactylo comme elle le faisait avant son entrée à la Croix-Rouge. La direction n'a pas encore répondu à sa demande de transfert auprès des armées, dans l'est de la France où la guerre se poursuit. Elle ne craint pas un refus, non, la Croix-Rouge a besoin d'effectifs. Elle souhaite seulement que cela aille vite, qu'elle n'ait pas le temps de se laisser rattraper par la routine familiale, le confort et les distractions qu'offre Paris. Son amie Martine partage son point de vue. Elle a retrouvé son fiancé blessé lors de la libération de la capitale. Actuellement, elle le soigne dans la maison de ses futurs beaux-parents mais, dès qu'il le pourra, il rejoindra son bataillon. Martine souhaite être à égalité avec lui, courir les mêmes dangers, partager les mêmes privations, combattre pour un monde libre. Claire envie son amie de toujours savoir comment mener sa vie, de discerner si facilement les bons choix des mauvais et d'aimer pour toujours le premier garçon qui l'a embrassée.

Elle regarde avec indifférence la bague de petite fille passée à son doigt, puis la retire et la glisse dans la poche de sa veste. Durant la violente crise de foie qui l'a tenue enfermée dans sa chambre, elle a oublié le jeune homme qui avait pleuré devant elle. Il fait partie de l'épisode de sa vie baptisé « Béziers » et cet épisode est terminé. De quoi sera fait le nouveau chapitre, couchée à l'arrière de la voiture, elle l'ignore. Dans son désir de rejoindre les armées, il y a la crainte du retour de Patrice. Elle souhaite ne pas l'attendre, quitter Paris avant qu'il ne se présente à elle, avec son amour et sa demande en mariage. Gagner du temps, être plus sûre de ses sentiments.

La pluie a cessé quand la voiture entre dans Paris après quelques détours. Il fait nuit depuis longtemps, il y a peu de lumière derrière les volets fermés et tous les lampadaires ne sont pas allumés. Quelques rares voitures roulent encore dans les rues désertes. Place de la Concorde, les deux jeunes femmes ont en même temps un cri de joie : pour la première fois, elles constatent l'absence des panneaux de signalisation allemands en lettres gothiques. Elles avaient vu les photos des reportages dans la presse, bien sûr, on leur avait raconté, elles savaient, mais ce n'était pas réel. Claire se redresse sur la banquette arrière. Profitant d'un feu rouge, elle étreint de ses bras les épaules de sa coéquipière. Celle-ci se retourne, avec sur le visage un mélange d'extrême fatigue et de triomphe. L'une donnant le signal à l'autre, elles entonnent à tue-tête *Le Chant des partisans.*

Ami, entends-tu le vol noir des corbeaux sur nos plaines,
Ami, entends-tu les cris sourds d'un pays qu'on enchaîne

Journal de Claire :

« Dimanche 22 octobre 1944

Me voici à Paris depuis onze jours déjà ! J'avoue ne pas encore y avoir été heureuse. Je n'ai aucune joie. Aucune.

J'ai appris l'autre jour la mort de Jock. Je ne peux dire combien cela m'a fait de la peine. Je savais que je ne le reverrais pas, mais j'espérais tout de même. Il a été tué en Italie, dans la région de Cassino, je crois. Il était dans une Jeep et il a été décapité. Pauvre Jock, il était, paraît-il, adoré de tout le monde. Quand les autres parlaient tranquillement de sa mort, ils ne se rendaient pas compte de ce que cela me faisait. Maintenant, je suis sûre de ne plus le retrouver sur le front, de ne plus le rencontrer dans la rue, de ne plus recevoir une lettre de lui et je suis aussi triste que le premier jour. Jock est le seul être que j'aie aimé. L'autre soir, lorsque j'étais au Lido, j'avais envie de pleurer. Tous ces gens qui dansaient me donnaient mal au cœur. Je voyais Jock dans son cercueil. Je l'imaginais comme j'en avais vu tant d'autres et je trouvais ça horrible. C'est vrai, j'ai failli pleurer.

Depuis que je suis à Paris, j'ai revu un tas de vieux amis, mais à tous j'avais envie de dire : "Ce n'est pas vous que je voudrais voir, c'est Jock."

Je ne pense plus jamais à mon amoureux de Béziers. J'ai toujours su que je ne l'aimais pas.

Adieu Jock. »

Claire entend son prénom résonner dans l'appartement, des exclamations diverses, des rires : sa sœur Luce qui a accouché d'une deuxième petite fille, vient présenter le bébé à leurs parents. Claire n'a pas envie de se précipiter auprès d'eux. Elle ira, bien sûr, il le faut, mais un peu plus tard. Depuis son retour, elle peine à trouver sa juste place dans sa famille, dans le groupe encore clairsemé de ses amis. D'ailleurs toutes et tous sont très occupés et de ce fait indifférents à ce qu'elle vient de vivre au sein de la Croix-Rouge. C'est particulièrement le cas avec son père et ses frères. Sa participation, même minime, à la Résistance n'a pas suscité l'admiration qu'elle souhaitait et dont elle a tant besoin. Leur vie d'hommes n'est-elle pas toujours plus importante ? Tous ont d'abord voulu la convaincre que sa place, sa vraie place de femme, était auprès de ses parents. Elle a tenu tête. Depuis, ils ont cessé d'en parler.

Claire attend maintenant d'avoir son ordre de mission. Elle sait déjà que d'ici quelques semaines, peut-être quelques jours, elle partira avec Martine, au volant d'une ambulance, pour Belfort où la guerre continue. Elle est prête, elle a fait nettoyer son uniforme qui l'attend comme neuf dans la penderie avec la croix de Lorraine épinglée au revers.

De s'imaginer à nouveau sur les routes, dans la brume, le froid et la nuit, lui redonne le sentiment d'exister. Mais une fulgurante douleur la traverse. Elle ne reverra pas Jock. Elle l'avait rencontré durant des vacances à Montgenèvre, près de Briançon où il faisait son service militaire en 1938. C'est lui qui avait l'habitude de l'appeler Clarinette. L'autre, André, est vivant et se bat sur le front Est. Elle souhaite de tout son cœur le retrouver, lui dire comment elle a eu peur pour lui, le serrer dans ses bras, s'excuser de ne pas avoir compris qu'il était un héros, un vrai.

Elle n'oubliera jamais cette journée d'octobre 1943 où elle l'attendait gare de Lyon. Elle l'avait vu descendre du train. Elle avait couru à sa rencontre mais un « Non » muet dans son regard l'avait stoppée net. Une seconde après, quatre hommes de la Gestapo l'avaient encerclé, menotté et poussé brutalement en avant. Il ne leur avait opposé aucune résistance et ses yeux étaient restés obstinément baissés quand ils étaient passés à sa hauteur. Claire d'abord stupéfaite avait voulu le rejoindre mais la main d'un inconnu l'avait attrapée par le coude. Une voix avait murmuré dans son cou : « Ne faites rien, allez-vous-en... Vous mettez sa vie en danger... » Elle n'avait pas eu le temps de voir son visage car il s'était fondu aussitôt dans la foule des voyageurs. Elle n'avait aperçu que la grande silhouette de ce qui lui parut être un très jeune garçon.

Claire était sortie de la gare et avait pris le métro sans rien manifester. D'ailleurs, elle n'aurait pas pu, elle était en état de choc. Ce n'est qu'une fois arrivée chez elle, qu'elle éclata en sanglots. Son père, alerté, la fit monter dans son bureau et lui expliqua ce qu'elle avait toujours ignoré : son ami André était un résistant de la première heure, à plusieurs reprises, déjà, la Gestapo avait failli le coincer. Il ajouta encore qu'il serait sans doute torturé mais qu'il connaissait son courage et qu'il était sûr de son silence. Puis il avait murmuré : « Mais à quel prix, mon Dieu... » Et d'une voix redevenue normale : « En te faisant ce signe, il t'a sauvé la vie : ils t'auraient torturée à mort pour le faire parler et sans doute, alors, l'aurait-il fait... Ne l'oublie jamais. » André, en mai 1944, était parvenu à s'évader et avait pu rejoindre un mouvement de Résistance. Il avait participé à la libération de Paris.

D'évoquer Jock et André lui fait penser à deux autres de ses amis, Michel et Minko. Elle a eu de leurs nouvelles, ils sont sur le front Est, ils sont vivants. Pour combien de temps ?

Emmitouflée dans son manteau de fourrure, coiffée d'une toque, une longue écharpe en laine autour du cou, Claire affronte le vent glacial de l'esplanade des Invalides. Elle rentre d'une semaine passée sur le front Est, à Belfort, et sort de l'appartement des parents de Patrice. Comme il y a de cela un an, ils l'ont accueillie avec tant d'affection qu'elle s'est attardée auprès d'eux. Elle apprécie leur simplicité, l'amour qu'ils éprouvent pour leurs trois fils dont le plus jeune, Laurent, était présent ; leur patriotisme. Pour eux, Claire est la fiancée de Patrice et ils la considèrent comme leur fille. Une fille longtemps désirée car ils n'ont mis au monde que des garçons. Ils approuvent et respectent son engagement dans la Croix-Rouge. Ils comprennent qu'elle n'ait guère le temps d'écrire. Mais au détour d'une phrase ils lui ont confié que Patrice s'inquiète de la rareté de ses lettres.

Toujours prisonnier en Allemagne, affaibli, il ignore les mouvements des armées alliées et souffre plus encore du froid, de la faim et d'un douloureux sentiment d'abandon. Dans son dernier message daté d'octobre, Patrice évoque la possibilité d'un transfert dans un autre camp dont il ignore tout. Cette précision a ému Claire. Elle s'en veut d'avoir si peu songé à lui, de l'avoir oublié, comme si, loin de Paris, elle le mettait entre parenthèses. Brusquement, dans cet appartement où il vivait avant la guerre, près de ses parents qui lui ressemblent, Patrice est redevenu un être réel.

Claire traverse le pont Alexandre-III et s'appuie un moment contre le parapet. Cet être réel, elle lui trouve à nouveau tant de qualités qu'elle pense l'aimer. Elle veut l'aider. Lui écrire, au moins, lui raconter ce qu'elle fait. Mais écrire où, s'il a changé de camp ? Les conditions de survie des prisonniers doivent être effroyables : les Allemands savent maintenant qu'ils ont perdu la guerre. Quel sera le sort de leurs prisonniers ? Les rendront-ils vivants ? Seront-ils libérés ? Quand ? Claire pense pour la première fois qu'elle souhaite suivre les armées jusqu'au cœur de l'Allemagne, jusqu'à Berlin.

Autour d'elle, le vent est tombé mais un brouillard mouillé estompe le paysage. Elle devine plutôt qu'elle ne distingue la place de la Concorde, le Louvre. Paris lui semble triste et hostile, à l'image des eaux troubles que charrie la Seine. C'est une ville endormie, pétrifiée, qu'elle a hâte de quitter. Les passants sont rares et avancent d'un pas rapide, la tête enfoncée dans les épaules. Retourner à Belfort, c'est aussi se solidariser de Patrice, voilà ce qu'elle doit lui écrire.

Malgré ses vêtements chauds, ses moufles et ses bottillons fourrés, l'humidité froide commence à la gagner. Elle se décide à rentrer chez elle, avenue Théophile-Gautier.

À l'angle du pont et du quai, elle croise une femme tenant par la main un petit garçon. Il est tellement entortillé dans des écharpes qu'elle ne distingue rien des traits de son visage. Mais elle entend sa voix dès qu'elle les dépasse : « Maman, maman, la dame... » Claire se fige, craignant la suite, le jugement qu'il va porter sur elle : « ... la dame, elle est si belle ! »

Journal de Claire :

« Jeudi 7 décembre, Paris

Tout ce que j'ai écrit sur le front n'a aucun intérêt. Dans mon souvenir, je ne revois pas du tout la même chose. Lorsque l'on écrit chaque jour, on omet d'écrire le principal tant c'est évident. Maintenant, lorsque je pense à là-bas, je revois la boue, des convois qui se succèdent sans arrêt, des Jeep et des Jeep, des soldats piétinant dans la boue, des feux de nuit autour desquels des hommes se chauffaient. Des ponts refaits sur lesquels on ne roulait jamais assez doucement, des types plus que sympathiques toujours prêts à vous sourire, vous parler et vous dépasser à l'occasion. Et dans cette boue, cette neige fondue qui tombait en rafales, une belle journée froide mais lumineuse. Et puis encore des maisons détruites, pas rasées comme après un bombardement, mais des maisons où l'on s'est battu, des traces de balles et de mortier. Maintenant, je revois la douceur d'une pièce très chaude et le froid qui vous pinçait lorsqu'on en sortait.

Il me tarde d'y retourner. Mon arrivée à la maison n'a pas été agréable... »

Claire repose son stylo, referme son cahier et se prend la tête entre les mains dans un geste enfantin de désespoir. Elle vient de tenter de restituer par écrit la semaine, pour elle si importante, de Belfort. Elle n'y parvient pas. Les mots lui échappent, l'humiliante impression d'être la plus mauvaise élève de la classe s'insinue en elle comme si cela datait d'hier. Elle entend les commentaires des professeurs : « Être la fille de François Mauriac et faire autant de fautes d'orthographe, de fautes de français... Vous n'avez pas honte ? » Elle se souvient des affreuses migraines qui soudain s'emparaient d'elle et la paralysaient, la rendaient idiote face aux adultes, aux autres élèves de sa classe. Ses parents s'obstinaient à ne pas voir la réalité de sa souffrance. Si au moins elle avait eu de la fièvre, on l'aurait prise plus au sérieux. Mais la migraine ne s'accompagne jamais de fièvre ou d'autres symptômes visibles de l'extérieur.

Après, étaient venues les crises de foie, les journées entières au lit, la décision de lui faire arrêter ses études. On avait décrété qu'elle n'était pas en mesure de passer son baccalauréat, qu'il convenait de lui éviter un échec de plus. Comme si c'était hier, Claire se rappelle son soulagement et la honte qui très vite avait suivi.

De l'appartement voisin parvient une sonate de Chopin très mal interprétée. Claire ne connaît pas la famille qui habite derrière le mur de sa chambre mais elle n'a jamais entendu un morceau de musique joué correctement. À croire que des générations d'enfants se sont succédé pour détruire le pauvre piano et pour la dégoûter de la musique.

À vrai dire, Claire ne supporte pas ce retour dans l'appartement familial. Tout l'irrite, la blesse, lui est prétexte à faire resurgir les mauvais souvenirs de l'enfance et de l'adolescence. La guerre prend une drôle de tournure et personne ne peut plus croire en une victoire assurée, proche. C'est pour cela qu'elle souffre de ne pas se trouver au seul endroit où on a besoin d'elle.

La pendulette sur la table de nuit lui apprend qu'il sera bientôt l'heure du dîner. Elle a envie tout à coup de la présence physique de son père, d'un tête-à-tête. Si elle osait, elle irait frapper à la porte de son bureau. Il doit être en train de travailler à un article pour *Le Figaro* ou bien il rédige quelques observations concernant la mise en scène de sa pièce, *Les Mal-Aimés*. La première représentation aura lieu en janvier ou en février, à la Comédie-Française. Elle ignore comment se passent les répétitions, les noms des acteurs. Elle se souvient de sa colère quand la pièce avait été refusée une première fois par Jean-Louis Vaudoyer, en 1941. Parler théâtre avec son père lui ferait du bien, justifierait un peu sa présence forcée à Paris. Mais il n'aura sans doute pas une seconde à lui consacrer.

— Entre.

Claire referme doucement la porte et se glisse dans la pièce. Voir son père en train d'écrire à son bureau l'impressionne comme chaque fois.

— Je vous dérange ? Vous travaillez ?

— J'ai fini. Assieds-toi un instant, avant que ta mère ne nous appelle pour dîner.

Un peu intimidée, Claire s'installe dans le fauteuil réservé aux visiteurs. Son père l'observe en silence, avec un léger sourire énigmatique. Les épais rideaux en velours ont été tirés depuis longtemps, les lampes diffusent une lumière tamisée, apaisante. « C'est un endroit protégé », pense Claire à toute vitesse. Elle ne sait pas comment lui poser des questions sur *Les Mal-Aimés*, il ne lui en laisse d'ailleurs pas le temps.

— Tu as vu les parents de Patrice ? Ont-ils de ses nouvelles ?

Claire lui raconte sa visite de l'après-midi et la crainte du transfert dans un autre camp. Son père s'en désole.

— Pauvre garçon, comme il est injuste le sort de tous ces prisonniers français en Allemagne... Patrice m'a envoyé quelques lettres admirables de courage durant l'été. C'est un homme bien, très bien. Mais tu le sais, n'est-ce pas?

Un étage en dessous une voix les appelle. Claire et son père se lèvent en même temps. Avant de s'effacer pour la laisser passer, il effleure un bref instant la joue de sa fille.

— Je suis content que tu l'épouses, lui saura te rendre heureuse. C'est que tu es difficile, ma petite fille, très difficile...

Les nouvelles du front sont de jour en jour plus alarmantes. Les troupes allemandes opposent une résistance inattendue, reprennent l'avantage aux frontières, à l'Est. Avenue Théophile-Gautier, Claire est seule avec ses parents. Claude est auprès du général de Gaulle, Jean s'est engagé dans une unité de chasseurs alpins, Luce s'occupe de ses enfants et de son mari, Alain, héros du Vercors. C'est elle qui a demandé à Claire de différer son départ. Les deux sœurs sont devenues particulièrement sensibles au désarroi de leur mère, à la peur qui désormais l'habite. Depuis octobre, l'extrême droite de Darnand, le chef de la Milice, menace François Mauriac de mort. Des appels anonymes, menaçants, vengeurs, résonnent nuit et jour dans l'appartement. Le pire devient à nouveau possible.

Ce jour-là, il neige. Claire a renoncé à rendre visite aux parents de Patrice. Elle a posé sa photo sur la table de nuit et la contemple le soir, avant de s'endormir. Elle a maintenant le sentiment d'être proche de lui, de l'aimer. Elle s'est remise à lui écrire. De longues lettres où elle raconte le dur hiver de Paris, le découragement qui parfois la saisit et contre lequel elle lutte. Dans l'espoir de le distraire, elle évoque les films qu'elle a vus, les répétitions à la Comédie-Française des *Mal-Aimés*. Elle a scrupuleusement noté le nom du metteur en scène, Jean-Louis Barrault et des trois principaux interprètes, Madeleine Renaud, Renée Faure et Aimé Clariond.

Assise devant sa table, une cigarette dans une main et son stylo dans l'autre, elle fixe la neige qui a recouvert son balcon et qui continue de tomber. Elle songe avec ennui aux rues qu'il va falloir dégager, aux déplacements rendus difficiles, à la boue qui s'ensuivra. Et elle s'étonne d'avoir de pareilles préoccupations alors qu'elle devrait être à Belfort. Elle pense avec un début de colère qu'elle n'aurait pas dû écouter sa sœur ; que sa place n'est pas dans l'appartement familial mais là-bas, au cœur de la guerre où elle n'aurait même pas le temps d'avoir peur. Ici, la peur qu'éprouvent les siens la gagne, grignote sa volonté d'action. Elle repose son stylo, allume une nouvelle cigarette. Après, elle se rendra au salon : c'est l'heure des nouvelles à la T.S.F. Le salon est aussi la seule pièce où des bûches brûlent en permanence. Au moins, elle aura chaud.

Journal de Claire :

« Mardi 19 décembre 1944
Les Allemands ont déclenché samedi une

grande offensive sur la frontière du Luxembourg et de la Belgique. Ils avancent. On sait qu'ils ont accumulé de grandes forces en hommes et en matériel. Alors, comment ne pas être inquiet, terriblement inquiet. On croyait les Allemands à bout de forces, ils ne faisaient que se concentrer et accumuler.

On n'avait vraiment pas besoin de cela. Quelle horreur !

Même si cette attaque finit par être enrayée, je pense à tout ce sang qui coule, à tous ces villages et aux représailles qui vont suivre. Je pense à tous ces milliers d'êtres qui sont désespérés et à tous les Français qui espèrent encore la victoire allemande. Je pense à cette guerre qui ne finit pas et au désespoir de Patrice.

Je ne peux dire avec quelle tendresse et aussi avec quelle tristesse je pense à lui en ce moment. Quelle injustice ! Il a quitté son camp pour celui de Lübeck où ils sont les uns sur les autres. Il ne peut que penser à moi et se demander si je l'attends car il ne reçoit aucune lettre. Je voudrais qu'il revienne. Je voudrais l'épouser et vivre tranquillement à l'ombre de son amour.

Il n'est malheureusement pas question de faire des projets.

On craint toujours l'arme nouvelle dont on parle depuis longtemps sans y croire. On craint ce maquis brun prêt à attaquer au premier signe de Darnand. On craint les Allemands qui sont restés dans l'ouest de la France.

J'ai peur pour papa que les hommes de

Darnand abattront si Maurras est condamné à mort et il le sera.

L'avenir apparaît sombre et ce Noël sera probablement le plus affreux de ces dernières années. »

Claire referme son cahier. En écrivant dans son journal ce qu'elle s'interdit d'écrire à Patrice, ce qu'elle tait à ses parents car la consigne familiale est de ne pas se plaindre, une pensée a pris forme qui s'impose maintenant à elle comme une évidence : elle doit rejoindre sa section en Alsace.

Journal de Claire :

« Mercredi 27 décembre 1944

Me revoilà de nouveau à Paris ! C'est inimaginable mais cela est. Pas la peine de pleurer puisque cela devait être ainsi. Le jour de Noël alors que je me chauffais contre le poêle de notre chambre, Minko est arrivé et m'a dit qu'il avait besoin d'une ambulance d'urgence.

J'ai donc roulé toute la nuit et suis arrivée à Paris quand il faisait jour. Quelle réception à la C.R.F. ! Il résulte de tout cela que je suis de nouveau à Paris sans savoir ce que je vais faire.

Je reviens à ma soirée de Noël.

Triste messe de Noël qui aurait dû être merveilleuse dans cette petite église d'un petit village d'Alsace mais qui fut ratée parce que l'orgue avait le hoquet et que les chants étaient d'une pauvreté à pleurer. Je pensais à ce Noël qui était encore plus triste que les autres, je pensais à tous ceux qui mouraient dans cette nuit glacée, je pensais à tous les prisonniers, au désespoir de mon pauvre Patrice et je sais que j'ai prié pour lui, pour que cette horrible guerre finisse.

La messe n'était pas plus tôt finie que nous fûmes entassées dans deux ambulances et transportées dans un autre village où toute une bande d'officiers nous attendait pour fêter dignement Noël. La lune était magnifique et je garde un bon souvenir de ce petit voyage, serrées les unes contre les autres, en chantant. En dansant, je me disais : Mais si les Allemands attaquaient? Vers 6 heures, un homme entra. Puis ce furent des conciliabules à voix basse et un officier me dit : On est en état d'alerte. Et ce fut le départ presque précipité.

Heureusement que la nuit fut courte car elle fut affreuse. Je crois n'avoir jamais eu aussi froid de ma vie. Je me souviendrai toujours de ce ciel de Noël, le lendemain. Tout était si beau que je me sentais heureuse et presque forte.

Juste avant le déjeuner, quelqu'un me frappa sur l'épaule. Je me retournai et me trouvai en face de Minko.

"Voilà, me dit-il, mon bataillon est à un kilomètre. Une offensive allemande est à craindre et je n'ai pas d'ambulance."

J'étais très hésitante comme il se doit et je le fus pendant tout le déjeuner qu'il prit avec nous. Toutes les filles me poussaient à accepter. Bref, à la fin du repas j'allai trouver notre officier et lui demandai de dire au commandant que je partais.

Notre barda fut vite entassé dans l'auto de Minko et nous roulions depuis des kilomètres, que je n'avais pas encore réalisé ce que j'avais fait.

Bon voyage malgré le froid. La lune était magnifique et j'aimais la regarder filer le long des arbres. Je fis ainsi la même route et vis le même paysage que de Gaulle qui, rentrant du front, nous dépassa. À cause de lui, on fut arrêté un nombre incalculable de fois. Nous dépassâmes une auto en feu et je dis : Pourvu que ce ne soit pas l'auto du Général. Ce n'était pas la sienne mais celle de de Lattre de Tassigny qui, n'ayant pas entendu les sommations des F.F.I., reçut une balle qui mit le feu à l'essence.

Nous arrivâmes à Paris vers 8 heures.

Aujourd'hui les nouvelles du front sont bonnes, le moral est bien meilleur. Il semble que les Allemands soient arrêtés.

J'ai à nouveau envie de repartir. »

Claire, comme elle en a pris l'habitude, commence une lettre à Patrice et recopie par commodité certains passages de ce qu'elle vient de relater dans son journal. Pas tout.

Elle estime inutile de citer le séduisant Minko qui, à l'inverse de son fiancé, est un homme libre et qui se bat. Minko devient un anonyme officier. Doit-elle encore avouer à Patrice qu'elle a pris l'initiative de quitter son poste pour aller chercher une ambulance à Paris ? Que c'est une faute aux yeux de certaines personnes de la

Croix-Rouge ? Qu'elle risque d'être momentanément suspendue de ses fonctions ? Il ne comprendrait même pas de quoi il s'agit... Par prudence Claire s'en tient à la nuit de Noël et lui redit toute sa tendresse, sa hâte de le voir revenir, ses rêves d'avenir où il tient la première place. Les phrases lui viennent facilement, elle aime écrire des lettres d'amour. « Beaucoup plus que de les recevoir », pense-t-elle amusée.

Claire vient de sortir du métro Jasmin et descend en hâte la rue Ribera. Dans le métro bondé, écœurée par les odeurs humaines, les parfums parfois trop lourds des femmes, l'angoisse des voyageurs, elle a failli vomir. La crainte d'une possible migraine à venir l'obsède depuis la sortie du cinéma et lui a gâché l'heure passée au Café de la Paix en compagnie de Martine et de son fiancé.

Depuis deux jours le froid a envahi la France. À Paris le thermomètre indique zéro, les météorologues annoncent que cette situation ne fera qu'empirer tout au long du mois de janvier. L'hiver sera au moins aussi dévastateur que celui de 1940. Claire ne peut pas s'empêcher d'y voir un mauvais présage. Contrairement à ce qu'elle croyait la veille, l'offensive allemande dans les Ardennes n'a pas encore été repoussée et, en ce dernier jour de l'année, l'effroi gagne tous les esprits. Dans une heure, le général de Gaulle offrira ses vœux à la nation. Quel sera le contenu de son discours? Tous les Français, comme Claire, seront au rendez-vous pour l'écouter à la T.S.F.

De retour chez elle, Claire frappe à la porte de la chambre de sa mère. Elle la trouve allongée sur le lit sans même un livre ou un ouvrage de couture à portée de main. La pièce n'est éclairée que par une seule lampe, les rideaux ne sont pas tirés. Ce laisser-aller lui ressemble si peu que Claire la croit malade.

— Vous êtes souffrante, maman ?

Un mouvement de la tête assorti d'une grimace douloureuse l'inquiète aussitôt. Elle croit comprendre :

— Un nouveau coup de téléphone ?

— Non.

D'une voix affaiblie sa mère précise :

— Maintenant, c'est la nuit qu'*ils* appellent.

Sa voix trahit une angoisse si réelle que Claire s'assoit à son chevet, prend sa main et la couvre de baisers. Une main fine, délicate, soignée, qui sent l'eau de Cologne à la citronnelle. Une main qui savait jadis apaiser les fièvres, les peurs de l'enfance.

— La Sûreté prend ces menaces très au sérieux...

— Vous n'êtes pas seule à la maison, maman.

— Tu ne devais pas sortir avec ta sœur ?

— Je n'ai plus envie. Maintenant, il faut vous lever, le Général va bientôt parler.

Claire embrasse le front de sa mère, pose sur la chaise un plaid à son intention et monte dans sa chambre chercher un nouveau paquet de cigarettes.

... Nous sommes blessés, mais nous sommes debout!

Or, devant nous se tient l'ennemi! L'ennemi qui, à l'ouest, à l'est et au sud, a reculé peu à peu, mais l'ennemi encore menaçant, actuellement redressé dans un sursaut de rage et qui va, au cours de l'année 1945, jouer, sans ménager rien, les derniers atouts qui lui restent.

Toute la France mesure à l'avance les épreuves nouvelles que cet acharnement comportera, pour elle comme pour ses alliés.

Mais toute la France comprend que le destin lui ouvre ainsi la chance d'accéder de nouveau, par un effort de guerre grandissant, à cette place éminente qui fut la sienne...

La voix du général de Gaulle résonne dans le silence du salon, de l'immeuble, du quartier. Il semble que tous les habitants se sont rassemblés devant les postes de T.S.F., dans un élan commun d'écoute. Claire entend les respirations de ses parents, assis dans leur fauteuil et qui lui tournent le dos; la toux discrète de sa sœur Luce, agenouillée à côté d'elle, près de la cheminée où deux bûches achèvent de se consumer. Aucune des sœurs ne songe à en rajouter de crainte de faire du bruit. Leurs forces sont tendues afin de ne perdre aucun mot du discours. Parfois, elles échangent un regard incrédule où l'effroi le dispute à l'espoir. Elles fument en faisant en sorte que la fumée n'arrive pas directement sur leurs parents.

... Français, Françaises, que vos pensées se rassemblent sur la France ! Plus que jamais, elle a besoin d'être aimée et d'être servie par nous tous qui sommes ses enfants. Et puis, elle l'a tant mérité !

La Marseillaise remplace la voix vibrante d'émotion du général de Gaulle. Quelques secondes de silence encore dans le salon, dans l'immeuble, comme si chacun écoutait résonner en soi l'écho du discours. Puis c'est un air de jazz à l'étage en dessous, des portes qui s'ouvrent et qui claquent, quelques paroles échangées près de l'ascenseur. Claire, machinalement, ajoute une grosse bûche dans la cheminée. Elle devine plus qu'elle ne voit son père éteindre le poste de radio et sans un mot quitter le salon.

Journal de Claire :

« Quelle triste fin d'année !

Tout à l'heure, de Gaulle a parlé à la T.S.F. : pas un mot d'espoir pour cette nouvelle année si ce n'est que l'ennemi inventera n'importe quoi, que les Français seront appelés les uns après les autres sous les drapeaux et que nous aurons beaucoup à souffrir et à pleurer.

Hier, j'espérais en une fin proche. Ce soir je

suis à nouveau désespérée. J'imagine les pires horreurs. J'imagine les gaz et j'en ai peur.

Ce soir, je devais aller à l'Opéra avec Luce mais devant la peur de maman j'y ai renoncé. Car elle a peur, peur pour papa, peur de recevoir un autre coup de téléphone comme Luce a reçu dans la nuit de Noël. Une voix disait que papa serait abattu dans les quinze jours qui allaient suivre s'il continuait d'écrire dans *Le Figaro*.

Comment pourrais-je être heureuse ce soir ?

Je voudrais que Patrice revienne. Pourquoi n'ai-je pas droit à ce bonheur-là ? S'il était là, il me donnerait confiance, il me redonnerait goût à la vie. »

« Je l'aimerai... Je l'aimerai... »

Une averse de printemps surprend Claire
alors qu'elle traverse le pont Alexandre-III. Elle
est en tailleur demi-saison, les jambes nues, un
tricot en jersey posé sur les épaules. Elle ne réalise pas que les gens qu'elle croise sont encore
en manteau, qu'il fait froid et qu'il pleut. Elle
marche comme un automate, au rythme de ces
seuls mots : « Je l'aimerai. » Au moment où elle
traverse le quai pour atteindre l'esplanade des
Invalides, le souffle lui manque et elle se laisse
tomber sur un banc. C'est alors que l'absurdité
de sa présence à Paris la saisit.

Hier, elle était dans le midi de la France, à
Cannes, avec la Croix-Rouge et les armées
alliées. Hier, elle travaillait, dansait toutes les
nuits avec des officiers, allait voir le soleil se
lever sur la côte. Hier, elle était libre.

Mais l'appel qu'elle redoutait était arrivé :
Patrice libéré depuis le début de ce mois d'avril
1945 venait de rejoindre l'appartement de ses
parents où il l'attendait. Claire prétendait s'y

être préparée. Mais ce retour était si abstrait, si loin d'elle et de la vie qu'elle menait... Elle se souvenait de la façon dont elle parlait de Patrice. Elle avouait d'emblée à ses amoureux qu'elle était fiancée, qu'elle se marierait bientôt. Cela lui permettait de ne pas pousser trop loin un flirt commencé dans la légèreté ; de ne pas faire souffrir inutilement ceux qui souhaitaient l'épouser. Certains la mettaient en garde : « Tu ne l'aimes pas ! — Je me suis engagée. — C'est typique de la guerre, ce genre d'engagement. Ça se rompt, des fiançailles... »

L'averse a cessé. Claire réalise qu'elle a marché sous la pluie et qu'elle est mouillée. Sa jupe beige est tachée par le bois du banc. Un coup d'œil à sa montre lui indique qu'elle est en retard mais elle ne peut pas bouger. Quand elle se décide enfin à se lever ce n'est pas parce qu'elle vient de prendre une décision mais parce qu'elle s'est mise à trembler de froid.

Dans le hall de l'immeuble des parents de Patrice, un grand miroir mural lui renvoie son image démultipliée. Son visage bronzé, ses jambes nues, son tailleur demi-saison lui donnent l'air de revenir de vacances, de n'avoir jamais connu la guerre. Sa présence chez les parents de Patrice ne peut être qu'incongrue, mal comprise. Une envie animale de s'enfuir la fait ressortir sur le trottoir. Là, elle entend crier son prénom, se retourne et aperçoit Patrice qui lui fait de grands signes de son balcon du troisième étage.

Patrice l'attend sur le palier. Claire a juste le temps de voir qu'il est en larmes et que ses parents, dans l'embrasure de la porte, le sont aussi. Il la serre dans ses bras.

— Laurent a sauté sur une mine, en Allemagne.

Claire assiste effondrée au désespoir de cette famille, la sienne bientôt. Elle ne trouve pas les mots pour dire son chagrin, elle ne peut que pleurer avec eux la mort de ce jeune homme, frère cadet de Patrice, son préféré. On avait fêté l'anniversaire de ses vingt-deux ans, au début de l'année. Elle l'avait admiré pour son courage, pour son patriotisme. Elle écoute à peine ce que Patrice, d'une voix qu'elle ne reconnaît pas, essaye de lui raconter. Il la tient toujours dans ses bras. Elle se demande qui est cet étranger. Elle ne ressent rien à son contact. Elle est devenue une pierre. Les parents, à leur tour, lui parlent, et là, elle entend mieux. Ils lui disent combien Laurent l'aimait, combien il était fier de devenir son beau-frère. Ils insistent sur la douceur qu'elle va apporter dans ce foyer en deuil. Le mot mariage est prononcé plusieurs fois. Puis, tout se précipite dans sa tête et elle comprend, face à ce désastre, qu'elle ne pourra jamais rompre son engagement.

Patrice a tenu à la raccompagner chez elle. Dans le métro, Claire prend le prétexte d'une migraine pour s'enfermer dans le silence.

Patrice se tient debout à ses côtés, douloureux, raide, emprunté. Il ne lui pose aucune question sur elle, sur son activité au sein de la Croix-Rouge. Claire constate froidement qu'il a beaucoup maigri, que son allure fantomatique ne l'embellit pas. Toujours en silence, ils descendent la rue Ribera. Devant le 38 avenue Théophile-Gautier, il l'embrasse sur la joue et la quitte sur ces seuls mots : « À demain. »

— Alors, comment va-t-il ?

Sa mère a quitté le salon en entendant le bruit de la clef dans la serrure. La pâleur de sa fille, son air égaré l'inquiètent aussitôt. Elle renouvelle sa question. Claire aimerait se jeter dans ses bras, lui avouer qu'elle ne veut plus épouser Patrice, l'horreur de leurs retrouvailles ; implorer sa protection. Mais comment expliquer ce qu'elle ne comprend pas elle-même ? Des larmes coulent le long de ses joues et elle s'entend répondre :

— Laurent vient d'être tué en Allemagne.

Claire pleure autant sur le retour de Patrice que sur la mort du jeune homme.

Le soir, dans l'obscurité de sa chambre, elle déroule le film de cette journée et constate avec amertume que sa vie, sa vraie vie, est finie. Pour tous, elle est déjà mariée, même si le deuil impose de retarder la cérémonie. Ses parents ont été bouleversés par le destin tragique de cette famille amie, n'ont pas soupçonné que

Claire avait changé, que les quatre années de guerre avaient modifié ses sentiments. Eux sont prêts à accueillir Patrice, à lui apporter toute l'affection qu'il est en droit d'attendre.

Claire quitte son lit, ouvre la porte-fenêtre. Malgré la fraîcheur de la nuit, elle s'accoude à la rambarde du balcon. Cinq étages plus bas, la rue est déserte. Elle songe avec un étrange détachement que cela lui serait facile de sauter dans le vide. Elle voit son corps en chemise de nuit étendu sur le trottoir. Peut-être, dans l'immeuble en face, quelqu'un aurait assisté à cette chute et crié d'horreur. Un cri qui aurait alerté sa famille, les voisins. Un cri qui les aurait hantés longtemps. Pour eux tous, ce serait un accident. Une jeune femme sur le point de se marier ne peut pas se donner la mort.

C'est l'été, le premier depuis la fin de la guerre, Paris a retrouvé sa splendeur, ses touristes et sa joie de vivre. Du moins, c'est ce que ressent Claire en dévalant l'avenue Mozart. Il lui semble que toutes ces femmes aux jambes et aux bras nus, en robes fleuries, sont aussi heureuses qu'elle ; de même que les vieillards qui se reposent sur les bancs publics, les enfants qui jouent au ballon. Elle ne voit pas le ciel qui se couvre et les nuages annonciateurs de pluie. Pour elle, c'est le plus beau jour de l'été. Elle se sent revivre, elle est libre.

Rue Ribera, rue François-Gérard, avenue Théophile-Gautier. Claire a hâte de regagner son appartement et d'écrire le récit des derniers mois, le pourquoi de son allégresse. Son journal délaissé depuis décembre 1944 l'attend, elle va le sortir une dernière fois.

Journal de Claire :

« Mercredi 22 août 1945
Je ne sais pas par quel bout commencer.

Je me retrouve ce soir, après tant d'années, exactement au même point que j'étais avant la guerre. Je suis libre, je n'épouserai pas Patrice ! Il m'a fallu des jours et des jours uniquement pour concevoir qu'au fond je n'étais pas obligée de l'épouser.

Mais je voudrais faire un bref résumé de ma vie.

Le 5 mars, je partais pour Fréjus comme conductrice, puis à Cannes.

Je garde un merveilleux souvenir de cette époque, je sortais tous les jours avec Jean-Pierre, dit Pierrot, adorable garçon qui devint amoureux fou de moi. Et moi, je ne fis rien pour l'arrêter. Je lui racontais simplement que j'attendais Patrice qui était en Allemagne, mais je lui avouai que je ne l'aimais pas.

Avec Pierrot, nous allions tous les soirs dans un club d'officiers de marine américaine. Je n'oublierai jamais ce merveilleux endroit, ni ces officiers tous très beaux et très sympathiques. Ils buvaient beaucoup, jouaient au piano, dansaient, riaient, etc. Le cadre était divin et je devins très vite une habituée. Le seul ennui, c'est que je ne parlais pas anglais ! On ne sortait du club que très tard et on roulait le reste de la nuit. Je n'oublierai jamais comme c'était beau, le Cap-d'Antibes ! Le lendemain matin, je devais me lever à 7 heures pour le travail. Inutile de dire combien j'étais claquée.

Un jour, la dépêche que je redoutais entre toutes est arrivée : Patrice était à Paris.

69

Alors je quittai la Croix-Rouge disant que je devais rentrer à Paris. Mais j'en avais si peur et si peu envie que je restai encore quelques jours. J'avais tellement l'impression de vivre mes dernières vacances que je m'en donnais à cœur joie. Je passais toutes mes journées avec Pierrot. Nous roulions indéfiniment en voiture quittant le littoral pour l'arrière-pays, pour voir se lever ou se coucher le soleil à tel ou tel endroit.

Mais le 2 avril je pris l'avion et arrivai dans la journée chez les parents de Patrice. Je suis sûre qu'à ce moment-là, je ne l'aimais pas et, même, je lui en voulais pour toute la place qu'il avait, au fond, volé, non dans mon cœur mais dans ma vie. »

Le souvenir de cette journée, plus de trois mois après, est encore si vif que Claire se sent soudain glacée. Elle revoit la pluie, la douleur de la famille, son chagrin à l'annonce de la mort du charmant Laurent. Elle éprouve à nouveau dans son corps cette sensation de bête traquée, piégée. Elle n'est pas dans sa chambre mais étendue sur un des canapés du salon. Ses parents dînent chez des amis, elle est seule dans l'appartement. Par terre, un plateau avec des fruits et du thé froid. Des fenêtres ouvertes lui arrivent les cris des hirondelles, les bruits lointains de la ville. La vision des tableaux sur les murs, la présence des meubles si familiers, du piano, des bibelots que sa mère se plaît à disposer partout et qui irritent son père, tout ce décor l'apaise. « C'est fini, je suis libre ! » dit-elle à haute voix. Mais elle reprend le récit un instant interrompu de cet affreux mois d'avril.

« J'étais malheureuse à en crever car je ne pouvais concevoir que tout n'était pas perdu. Je m'endormais et me réveillais avec une énorme boule d'angoisse au fond de la gorge, dans l'estomac, dans le cœur. En plus toute ma famille épiait mes gestes et mes paroles. J'avais envie de fuir en hurlant.

Et voilà qu'un jour... Mais entre-temps il y eut l'armistice du 8 mai. Je n'ai jamais été au fond de l'angoisse comme ce jour-là. La veille, dans une foule en délire, je remontais les Champs-Élysées avec Claude et Luce et je pleurais toute seule, très silencieusement devant la joie de tous qui n'était pas ma joie. Triste, triste jour de fête.

Et voilà qu'un jour, coup de téléphone de ma chef de section.

— Mauriac, vous partez cet après-midi pour l'Allemagne.

— Mademoiselle, c'est impossible !

Contre toute attente, elle fut très gentille et surtout très habile : "Je comprends très bien, mais on a besoin de vous en Allemagne, ce sera très intéressant", etc. J'avoue qu'en la quittant je commençai à envisager mon départ. Et j'arrivai chez la responsable de toute la Croix-Rouge.

— Voyons, Mauriac, qu'est-ce que c'est que

cette histoire! Vous ne l'aimez pas beaucoup, ce garçon! Vous n'êtes plus ma fille si vous ne partez pas!

Etc.

Bref, en cinq minutes je décidais de partir et allais sans plus attendre chez Patrice à qui je parlais du devoir avec un grand D, etc.

Pour moi, j'envisageais ce voyage en Allemagne comme des dernières vacances avant ce mariage qui me faisait horreur mais qui devait se faire et qui se ferait.

Je suis restée trois mois en Allemagne, trois mois merveilleux. Travail épatant et utile. Je n'oublierai pas la joie de tous ces prisonniers que nous avons transportés.

Tout le nord de ce pays est magnifique. Rien à voir avec la France. Il me semble que tout est plus grand, plus puissant, plus triste mais plus beau. Je n'oublierai jamais ces énormes forêts aux arbres immenses, ces pins aux troncs si serrés que le soleil ne peut y pénétrer, ni ces longues routes bordées de bouleaux, ni les étendues immenses recouvertes de bruyère rose, ni ces lacs entourés d'arbres verts, ni l'Elbe, ni la mer, ni surtout ces grandes villes en ruine, Brême, Hambourg...

En trois mois, j'ai fait près de 20 000 km.

Il a fallu que j'attende jusqu'à maintenant dans mon métier de conductrice pour savoir ce que c'est que de s'endormir au volant. C'est une chose affreuse, un effort de chaque instant qui fait mal. Je me souviens d'un jour où, ayant roulé une journée et une nuit sans arrêt (nous allions et revenions de la zone russe), je demandai au type qui était là de me bourrer de coups de poing. »

Claire se redresse soudain en entendant résonner la sonnerie du téléphone. Un bref instant, elle retrouve l'effroi de la fin de l'année 1944 et du début de l'année 1945 quand des appels anonymes menaçaient de mort son père. Cette partie sombre de sa vie, elle aussi, est finie. Une envie de ne pas répondre lui vient mais la sonnerie insiste. Et s'il était arrivé un accident à l'un des siens? Le réflexe de la peur reste gravé en elle.

D'une main tremblante, elle décroche le combiné et reconnaît tout de suite la voix. Une voix qu'elle n'aime pas, qu'elle juge affectée, sépulcrale : celle de Patrice.

— Allô! est-ce que Mlle Mauriac est là?

— Non, monsieur, elle est partie.

— Elle est à la campagne chez sa grand-mère?

— Non, elle est partie cet après-midi en Allemagne.

La communication est immédiatement coupée. Claire raccroche d'une main toujours tremblante. Elle imagine Patrice, son humiliation, sa raideur, sa hargne à son égard. A-t-il déjà annoncé la nouvelle à ses parents? Comme ils doivent être déçus et tristes! Un semblant de pitié l'envahit en pensant à eux. Mais très vite un féroce instinct de survie la fait se reprendre. Tout est la faute de Patrice, il a profité de sa condition de prisonnier de guerre pour lui extorquer un engagement. Le seul tort qu'elle se reconnaisse, c'est son goût pour l'écriture. Elle n'aurait pas dû se laisser aller au plaisir d'écrire des lettres d'amour.

Les cloches de l'église d'Auteuil sonnent la demie de neuf heures, Claire reprend son cahier. Dehors, le ciel s'assombrit et une pluie très fine a commencé de tomber.

« Ce soir, il pleut, mais je suis heureuse parce que je suis libre. Je pense peu à la souffrance de Patrice qui est immense. Je suis épouvantable et je me dégoûte, mais à cela aussi, je pense peu.

Je ne suis pas encore très vieille. Je dois partir à Berlin et je peux tout espérer de la vie.

Il ne faut pas me punir, je ne savais pas. »

Claire referme son cahier bien décidée à oublier Patrice. Elle hésite à appeler sa nouvelle amie Mistou avec qui elle va partir pour Berlin. Mistou est très belle, toujours prête à faire la fête et, détail important, excellente conductrice. Les deux jeunes femmes viennent d'être affectées au groupe mobile numéro cinq chargé du rapatriement des prisonniers français en Allemagne.

La sonnerie du téléphone la fait sursauter. Claire ne veut pas prendre le risque d'entendre à nouveau Patrice. Peut-être lui a-t-on dit qu'elle était encore à Paris. Peut-être rappelle-t-il pour exiger une ultime entrevue. Celle de ce matin avait été si pénible qu'elle ne peut envisager une nouvelle discussion. Ici, elle se sait encore vulnérable, à Berlin, elle sera vraiment en sécurité.

Pour ne plus entendre la sonnerie du téléphone, elle allume la T.S.F. C'est un air de jazz que ses amis les officiers américains lui ont appris à aimer et elle reconnaît la trompette de Louis Armstrong. Comme il n'y a personne dans l'appartement, Claire monte le son au maximum, ouvre en grand les portes du salon, de la salle à manger et du vestibule et se met à danser. Elle est convaincue qu'une nouvelle vie commence, une vie inconnue, palpitante, loin de tout ce qu'elle connaît. Le nom de la ville vaincue, Berlin, résonne en elle comme une promesse.

Lettre de Claire :

« 31 août 1945
Cher papa et chère maman,
Quelle affreuse chose que Berlin ! On ne peut vraiment pas imaginer la tristesse de cette énorme ville qui n'a pas une seule maison entière. Ce qui est mille fois plus affreux, ce sont les Berlinois qui vivent dans des caves et qui meurent de faim.

J'ai déjà vu tomber un type dans la rue. Les Belges qui sont là depuis quinze jours nous ont raconté que lorsqu'elles vont dans des maisons pour des prospections, elles voient très souvent des cadavres de gens et d'enfants qui viennent de mourir. Il y a en plus une grosse épidémie de dysenterie et les gens meurent comme des mouches.

Aujourd'hui, j'ai passé ma journée dans des usines à moitié détruites à la recherche d'ouvriers disparus. J'aime mieux vous dire que cela n'a pas été rigolo.

Tout à l'heure, dans une gare de la zone russe, un soldat m'a demandé ma montre qu'il voulait échanger contre la sienne. Comme je disais non, il voulait me la payer. Heureusement qu'un autre Russe est arrivé et quand il a vu que j'étais française a dit à l'autre de me laisser tranquille.

Demain je me lève à 7 heures pour le camp d'aviation.

Je suis fatiguée et horriblement triste de tout ce que je vois. Les Berlinois n'ont presque plus l'air d'êtres humains.

Il est 11 heures. 10 heures pour vous.

Nous avons mis quatre jours pour venir ici parce que les autres conduisaient comme des pieds.

Le premier soir, nous avons couché à Liège où j'ai commencé une crise de foie. Vous imaginez combien j'ai été malheureuse. Le lendemain, par une chaleur affreuse, nous avons traversé la Ruhr. Cela a duré toute la journée car tout est détruit et défoncé et les villes succèdent aux villes séparées d'usines en pleine campagne. Cologne m'a laissé une impression invraisemblable. Cela a dû être une ville magnifique. Maintenant, il ne reste plus que le fleuve qui est très beau et surtout la cathédrale qui, de loin, ne paraît pas très atteinte, et qui est invraisemblable de beauté et de grandeur au milieu de toutes ces ruines.

Ici, nous avons un travail terrible. Il ne sera pas question de s'amuser, mais nous ferons un travail vraiment utile.

Boire de l'eau égale la mort. On ne mange que des conserves.

Ce matin, au réveil, le moral n'était pas très bon, maintenant cela va beaucoup mieux. C'est tout de même tellement passionnant !

Je vous embrasse très fort mes parents chéris.

Claire Mauriac

French Red Cross - British Control Commission -

D.P. Section - Berlin Area - B.A.O.R. »

Claire referme l'enveloppe destinée à ses parents. Un avion partira le lendemain pour Paris, quelqu'un, à bord, se chargera de transmettre le courrier. Les passagers seront des Français qui avaient été enrôlés de force au Service du travail obligatoire, le S.T.O., et qui avaient servi d'otages jusqu'au bout à l'armée allemande en déroute. Ceux qui ont survécu à la prise de Berlin par les Soviétiques ont été assimilés aux vaincus et enfermés dans des camps par les vainqueurs. Les retrouver puis les libérer n'est pas une tâche facile, a-t-on expliqué aux nouvelles venues dont Claire fait partie.

Claire écrit assise sur un lit de camp, le bloc de papier calé sur ses genoux. Autour d'elle cinq jeunes femmes se préparent pour la nuit. Faute de leur avoir déniché un logement décent, la Croix-Rouge les a momentanément logées dans l'ancien réfectoire de ce qui fut jadis un collège de garçons. C'est provisoire, elles le savent et s'accommodent les unes aux autres. Claire, la plus réfractaire à la vie communautaire apprend à être patiente. Elle est en cela aidée par Rolanne, une jeune femme qui l'a soignée trois jours auparavant durant sa crise de foie. D'ailleurs, un coup d'œil à Rolanne, couchée à sa droite, suffit à lui redonner confiance. Malgré le bruit, les conversations à peine chuchotées autour, Rolanne dort, vaincue par la fatigue.

— Et une lettre de plus, une ! Tu ne veux pas écrire à mes parents tant que tu y es ?

Mistou, étendue sur son lit de camp, attend le sommeil en se forçant à bâiller. Elle porte un élégant pyjama en soie et s'est enduit le visage d'une épaisse crème qui sent le concombre. Malgré les quatre jours de voyage entre Paris et Berlin, l'inconfort du lieu, l'absence de salle de bains, la promiscuité avec les cinq autres femmes, sa beauté demeure intacte, comme à jamais préservée. Claire lui sourit et, lui désignant Rolanne :

— On devrait en faire autant.

Le réfectoire où elles se trouvent ne possède ni rideaux ni volets. Dehors le jour baisse et l'obscurité se fait peu à peu. Ici et là des lampes de poche s'allument. Dans l'unique arbre de l'ancienne cour de récréation des merles chantent. Claire s'étonne de leur présence. Comment survivent-ils dans cette ville en ruine ? Claire veut oublier les cadavres qu'elle a ramassés avec Mistou et Rolanne ; l'aspect si horriblement fantomatique des Berlinois à peine entrevus car la plupart continuent à se cacher dans des caves ; les bandes d'enfants affamés qui errent et se livrent à des trafics de toute sorte ; les femmes berlinoises surtout dont la souffrance si visible lui causait chaque fois un sentiment d'effroi et de révolte ; leur mutisme. Claire et ses compagnes ont obtenu l'aide de l'une d'elles qui parle cinq langues, dont le français, l'anglais et le russe. Elle a traduit leurs paroles sans jamais émettre le moindre commentaire personnel, sans accepter de communiquer quoi que ce soit, fermée sur elle-même, ailleurs. En fin de journée, quand on lui a remis sa part de conserves américaines et une bouteille de brandy, elle a eu ces mots, les seuls : « Pour le monde entier nous sommes des *Trümmerweiber*, des filles des ruines et de la crasse. » Puis, elle s'en est allée vers une destination inconnue.

Dans le dortoir maintenant presque obscur, les filles commencent à se taire. Dehors, les merles n'en finissent pas de chanter et ce chant aide Claire à chasser les images de ces deux journées à Berlin. C'est un chant d'espoir, elle ne veut plus rien entendre d'autre.

Lettres de Claire :

« 10 septembre 1945
Chère maman,
Je commence à m'habituer aux ruines et la vie à Berlin est passionnante à condition de ne pas être berlinois.

L'autre jour, il y a eu pour fêter la fin de la guerre au Japon un défilé épatant : 1 000 Russes, 1 000 Français, 1 000 Anglais et 1 000 Américains !

Le défilé russe a été formidable : un mur compact, un seul homme. Vous avez dû les voir au cinéma mais cela n'a rien à voir avec la réalité.

Ce qui fut merveilleux pour nous c'était de voir les Français qui tenaient la même place que les autres, autant d'hommes, autant de drapeaux. Le général Joukov est passé à un mètre de moi avec autant de décorations que Goering.

En face de nous la musique de ces quatre pays. Vous imaginez notre joie d'entendre : *Vous n'aurez pas l'Alsace et la Lorraine* sur la grande avenue où Hitler a fait tant de grandes parades. »

« 11 septembre 1945

Je viens de recevoir votre lettre et l'avion part dans une heure.

Je vous assure que je suis dans un drôle d'endroit, à l'hôpital, au chevet d'un jeune Russe qui est devenu morphinomane après de grandes blessures. Cette nuit, Rolanne a dû se battre avec lui. Il n'a heureusement pas de revolver, mais un couteau depuis ce matin. Je n'ai pas voulu y aller seule et suis avec Mistou. C'est assez épouvantable à voir.

Nous passons une grande partie de notre temps dans la zone russe. Avant-hier, nous étions à Leipzig. Les Russes sont des gens charmants, mais les missions que nous faisions en une matinée à Lüneburg, durent deux jours avec eux. Il faut attendre quatre heures pour avoir une chambre, quatre heures pour entrer dans le camp, etc. Au début, on est très énervé et puis on prend son parti. On part toujours en mission avec un officier russe. Ne racontez pas tout ce que je vous écris car nous sommes les seules à pouvoir aller dans la zone russe. Nous sommes très enviées des Anglais, des Américains et des Français qui ne peuvent pas y entrer. Même la Croix-Rouge internationale ne peut pas y aller.

Il y a heureusement aux portes de Berlin des clubs épatants où nous passons de très agréables soirées.

Si vous connaissez des gens disparus à Berlin et dans ses environs, envoyez-moi tous les renseignements. Je passe une grande partie de mon temps à cela. Des journées et des journées de demandes, souvent pour ne rien avoir. Affreux!

J'ai été hier visiter la chancellerie. J'ai vu le bureau, la chambre d'Hitler, ainsi que son abri. J'ai pris quelques petits morceaux de marbre de son bureau. J'y retournerai car je voudrais en avoir un gros.

Il fait très beau mais froid. En ce moment, dans cette chambre d'hôpital, je gèle.

Ma maman, je vous embrasse de toutes mes forces ainsi que papa.

ÉCRIVEZ ! »

Depuis deux jours, Claire partage avec Mistou la plus belle chambre du quatrième étage d'un immeuble situé au 96 Kurfürstendamm où toutes les vitres cassées des fenêtres viennent d'être remplacées. Des ouvriers aménagent la salle de bains attenante, d'ici peu, les deux jeunes femmes auront une baignoire et du chauffage : l'hiver s'annonce très froid à Berlin. La Croix-Rouge leur a déjà offert à toutes de longs et élégants manteaux bleu marine, de coupe masculine, qui ont une doublure en fourrure amovible, ainsi que des chapkas. Claire n'aurait jamais imaginé pouvoir trouver un tel confort dans la ville en ruine. Leurs camarades de section sont logées à un autre étage, dans des chambres plus petites, meublées à la hâte. C'est à un équitable tirage au sort, à un heureux coup de dés, que Claire et Mistou ont gagné le privilège d'occuper cette chambre surnommée, on ne sait pourquoi, « chambre des cocottes ». Après maintes suppositions, les deux amies ont pensé que cela pourrait s'expliquer par le lit à baldaquin, les rideaux et les murs recouverts de satin rose bonbon et bleu ciel, d'un total mauvais goût qui les enchante.

Un bref coup dans la porte, Rolanne apparaît.

— Viens, on est en train de faire connaissance avec les habitants des autres étages. Ils ont préparé un verre en notre honneur...

Claire hésite, tout au plaisir de savourer ce

moment de solitude, le premier depuis leur arrivée à Berlin, quinze jours auparavant. Rolanne attend, patiente, qu'elle se décide.

— Allez, insiste-t-elle d'une voix douce.

Son visage calme aux traits réguliers reflète une bienveillance qui a sur Claire des effets miraculeux. Claire se lève sans un regard au miroir pendu au-dessus du lit. Depuis son départ de Paris, elle semble avoir renoncé à tout désir de coquetterie.

Lettre de Claire :

« 15 octobre 1945
Cher papa et chère maman,
Dimanche triste et pluvieux. Ce temps va tellement bien aux ruines de Berlin que l'on ne pense pas au cafard.

Je suis partie avant-hier pour l'organisation d'un camp où devaient arriver des trains d'Alsaciens. Pendant un jour et demi nous avons débarqué, arrangé, organisé et rangé des milliers de vêtements, souliers, etc. Je suis partie hier soir à 7 heures. Le train quoique annoncé depuis plusieurs jours n'était pas encore là. J'ai roulé pendant quatre heures sans arrêt en pleine nuit. J'adore ces voyages nocturnes que toutes les conductrices détestent.

J'ai lu dans les journaux que mon papa était à Bruxelles. Comment est sa nouvelle pièce ?

Nous vivons dans une grande maison à quatre étages. Maison de fous où l'on ne peut pas s'ennuyer.

Au premier : étage des Belges et des Françaises (femmes). Bureaux, chambres, salle à manger, etc.

Deuxième : bureaux des officiers français.

Troisième : appartement du personnel de la Division des personnes déplacées.

Quatrième : plusieurs chambres dont la mienne que je partage avec Mistou. Depuis deux jours nous sommes chauffées et, depuis aujourd'hui, je peux me baigner dans ma baignoire car nous avons Mistou et moi une salle de bains.

Peut-être partirai-je demain en zone polonaise...

L'autre jour, après vous avoir écrit, j'ai eu une très grosse crise de foie avec six ou sept vomissements. J'ai heureusement pu me coucher.

Depuis, je suis assez fatiguée. Je vais beaucoup mieux aujourd'hui, j'ai l'impression que c'est ma balade d'hier dans la nuit. Imaginez de rouler pendant des heures sur une route toute droite entre deux murailles de pins, dans le noir, toujours dans le noir, avec juste nos pauvres petits phares. On était seule par voiture mais en convoi : une voiture légère avec deux officiers, mon ambulance, une autre derrière et un gros camion.

Nous avons transporté des Russes et un officier russe, monté dans la voiture des officiers français, sortit son revolver et le garda à la main. Ces gens sont d'une confiance adorable !

Mais aujourd'hui, les quatre officiers français

parlant russe de notre maison ont été déjeuner chez ces messieurs. Très, très bon signe.

Ici, on parle beaucoup de guerre. Mais on en parle de façon tellement simple qu'il n'est pas question d'avoir la moindre peur. Seulement, on n'a pas envie de faire le moindre projet d'avenir. Ne pas mourir trop vieux, cela simplifierait beaucoup de choses...

Je vous embrasse tous les deux avec toute la force de mon énorme tendresse. »

Claire n'a pas cédé au besoin d'en dire plus sur ses craintes, sur ce qui, ce soir, l'oppresse. Pour ses parents comme pour l'ensemble de sa famille, elle a choisi de cacher les moments d'accablement dans lesquels elle sombre, certains jours, en rentrant de mission ; de ne pas trop penser à ce qu'on commence à savoir sur les camps de concentration et l'extermination en masse des Juifs. Mais, ce soir, elle est particulièrement bouleversée par la mort d'une femme allemande, atteinte de septicémie, qu'elle n'a pas pu sauver. Celle-ci, plusieurs fois violée par les soldats de l'armée soviétique, avait tenté de se faire avorter. Comme tant d'autres. Quelques rares Berlinoises, soignées par la Croix-Rouge, ont commencé à raconter les horreurs de la prise de Berlin et de l'occupation par les Soviétiques. Claire ne comprend pas que les Alliés aient mis tant de temps avant de rejoindre Berlin, elle s'en indigne parfois auprès d'officiers français : « Pourquoi le général Eisenhower a-t-il laissé à l'Armée rouge le soin de la bataille finale? Pourquoi personne ne s'est opposé à cette décision?» «C'était la guerre» est à peu près la seule réponse qu'elle ait pu obtenir. Claire, au début de son séjour à Berlin, prétendait haut et fort n'avoir aucune pitié pour les Allemands, jurait qu'elle ne leur pardonnerait jamais les atrocités qu'ils avaient commises et que ce qu'ils enduraient n'était que justice. Maintenant, elle ne peut plus parler de la sorte. La femme qui leur avait servi d'interprète est revenue travailler avec elles. Elle s'appelle Hilde, Rolanne tente petit à petit de l'apprivoiser. Ce que Claire devine de son passé l'impressionne plus que les rumeurs qui commencent à circuler sur une guerre possible entre les Américains et les Soviétiques.

Rolanne qui commence à comprendre la géographie et le nouveau découpage du pays vaincu, cherche à l'expliquer à Mistou et à Claire. L'une est occupée à se passer du vernis sur les ongles de pied, l'autre rêvasse, allongée sur le lit.

— Les deux tiers à peu près de l'Allemagne sont occupés par les Soviétiques dont Berlin, d'accord ? À Berlin, néanmoins, les Alliés ont réussi à maintenir trois petites zones, trois secteurs : un secteur français, un secteur américain et un secteur anglais. Notre immeuble est situé dans le secteur anglais. Vous me suivez ?

Mais Mistou feuillette maintenant un vieux magazine de mode et Claire a sa tête des mauvais jours. Rolanne renonce à poursuivre ses explications. Elle sait Claire capable de faire l'enfant, d'arguer qu'elle n'aime pas les Anglais, qu'ils ont brûlé Jeanne d'Arc et empoisonné Napoléon ; qu'elle préférerait être dans le secteur français. Pourtant, elle n'ignore pas que le secteur anglais est situé près des gares où arrivent les convois de prisonniers et que la Croix-Rouge travaille avec la Division des personnes déplacées, un organisme chargé de chercher, puis de récupérer tous les prisonniers français disséminés, on ne sait où, dans l'Allemagne détruite.

En bonne camarade, Rolanne leur propose de faire du thé et descend à l'étage des autres filles où se trouve leur cuisine.

L'immeuble du 96 Kurfürstendamm abrite des personnalités diverses qui travaillent très bien ensemble et qui partagent les mêmes idéaux. Les rapports entre la Croix-Rouge française et la Croix-Rouge belge sont excellents. Les femmes collaborent entre elles, sans souci de nationalité. Elles participent aux mêmes missions, prennent leurs repas en commun. Les officiers français se joignent souvent à elles. Comme leur chef, Léon de Rosen, ils ont à peine trente ans. Tous prennent très à cœur la recherche des personnes déplacées et servent d'escorte aux convois de la Croix-Rouge. Particulièrement l'un d'entre eux, un capitaine français d'origine russe qui, mieux qu'un autre, parvient à amadouer les autorités soviétiques.

Claire décide d'écrire à ses parents. Sa mère la presse de revenir et s'agace, dans ses lettres, de ne pas obtenir de réponse précise, une date. Malgré les récits de sa fille, elle semble ne pas bien comprendre comment se passe sa vie à Berlin. Claire pense avec un léger sentiment d'amertume qu'on ne prend toujours pas son travail au sérieux et que son père l'a oubliée. Pas une lettre de lui, juste quelques mots, parfois, griffonnés à la hâte en bas de page.

Elle sort son bloc de papier et s'installe devant le secrétaire en marqueterie où elle a maintenant ses habitudes.

« 23 octobre 1945
Chère maman,

Hier, j'ai été chercher les cendres de 87 Français fusillés par les Allemands. Nous les avons prises au four crématoire de Brandebourg. Ce sont tous des Français très jeunes, condamnés à mort pour sabotage ou espionnage. Vous ne pouvez pas imaginer l'effet que ça m'a fait. Un petit vase, un nom, une date : c'est tout ce qui restait d'un être vivant.

On attend d'un jour à l'autre l'arrivée de trains d'Alsaciens.

Je ne sais pas encore exactement quand je rentre. Hier, il était décidé que nous reviendrions à la fin de ce mois-ci, mais on veut nous garder pour ces trains d'Alsaciens.

Il faut qu'il y ait des ambulances ici et, si nous partons, nous serons remplacées, chose que nous ne voulons pas. Il y a encore beaucoup de travail et cela nous ennuierait beaucoup de ne pas terminer ce que nous avons commencé.

Vous savez, nous commençons à être très bien, la maison est devenue très confortable. L'hiver sera naturellement affreux pour les Berlinois, mais en tous les cas, pas pour nous.

Le moral est assez bon et je ne m'ennuie pas. Je ne crève tout de même pas de joie, ni de tristesse non plus, du reste !

Il fait très beau et très froid.

Ma maman, je vous embrasse. »

Rolanne vient d'entrer avec le plateau qu'elle pose sur le lit. Elle sert trois tasses de thé et en apporte une à Claire. Celle-ci lui adresse un sourire reconnaissant. Rolanne est la seule qui ne se moque pas de ces moments mystérieux de tristesse qui soudain l'assombrissent ; qui ne pose pas de question mais qui sait lui signifier d'un regard, d'une pression de la main, sa présence à ses côtés. Elle semble comprendre que Claire ne peut pas grand-chose contre ces états, elle ne la juge pas.

— On est invitées à dîner chez les officiers anglais, annonce Mistou. On y va ? La bouffe est infecte mais, après, on dansera. Eh, vous me répondez, les filles ?

« 24 octobre 1945

Chère petite maman,

Cette fois-ci, je crois que nous allons rester. Cela m'ennuie uniquement à cause de vous car je me demande presque avec angoisse ce que je ferais à Paris. Il me faudrait revoir certainement Patrice et je ne m'en sens pas le courage. Je n'ai aucune nouvelle de lui et je n'ose, même lorsque je suis toute seule avec moi-même, y penser. J'ai écrit l'autre jour un petit mot à sa mère.

Ici, je mène une vie en dehors de la vie. Il en est ainsi depuis plusieurs années déjà. Je crois toujours que c'est la fin et cela ne l'est jamais.

Je ne sais que penser pour le temps qu'il me reste à vivre.

Il ne faut pas croire que je suis triste. J'aime la vie que je mène justement parce que je sais qu'elle ne durera pas toujours.

J'ai reçu les gants et le reste du paquet. Merci mille fois.

Je me suis fait photographier par un très bon photographe.

Ma maman, je vous embrasse de toutes mes forces. »

Claire écrit sur un coin de table, dans la cuisine de leur immeuble. Près d'elle, deux ambulancières de la Croix-Rouge belge s'affairent à préparer des cocktails très alcoolisés en devisant bruyamment. Elles goûtent les boissons de plus en plus souvent, sont un peu ivres, mais Claire les ignore. Ce qu'elle vient d'écrire à sa mère l'étonne. Il lui semble ne s'être jamais confiée avec autant de simplicité comme si elle avait enfin trouvé les mots pour exprimer à la fois ses craintes et ce qui lui convient dans sa vie actuelle, une vie provisoire, comme suspendue dans le temps. Car c'est bien de cela dont il s'agit. Elle a peur de rentrer à Paris. Peur de s'enfoncer de façon définitive dans une vie tracée d'avance. Peu importe au fond, Patrice. Claire pense avec une lucidité froide qu'elle est destinée à se marier, à épouser un homme dans le genre de Patrice. Elle imagine ses futurs enfants, les visites régulières à ses parents, les vacances dans leurs propriétés de campagne. Elle sait maintenant que la guerre lui a permis d'échapper à cet engrenage, qu'elle a besoin de se sentir utile, peut-être même indispensable. À Caen, puis à Béziers, Fréjus, Cannes et maintenant à Berlin, elle se sent exister. Aux yeux de tous, elle est Claire Mauriac et non la fille de, ou la fiancée de.

— Pouah, mais ça empeste l'alcool ici !

La nouvelle venue dans la cuisine est une jeune femme d'un mètre cinquante, au visage rond et au front bombé, promue depuis peu chef de la section de la Croix-Rouge française à Berlin. Elle mène son petit monde avec une énergie et une efficacité qui font l'admiration de tous, à commencer par les officiers du deuxième étage. Elle s'appelle Jeanine. À cause de sa taille et de sa minceur, tous les habitants du 96 Kurfürstendamm l'ont surnommée « Plumette ».

Les deux infirmières belges tentent d'expliquer la préparation des cocktails, mais Plumette ne les laisse pas poursuivre.

— On annonce l'arrivée d'un convoi d'Alsaciens et de Lorrains, ce serait bête que vous vous soûliez maintenant.

Et à Claire :

— Prépare l'ambulance avec tout le matériel. Tu repars à la gare avec Mistou.

Lettres de Claire :

« 2 novembre 1945
Chère maman,
Le paquet n'est pas arrivé car il n'y a pas eu d'avion vu le mauvais temps à Paris.

Ici, le ciel est tout bleu et il ne fait pas froid.

Je suis revenue hier d'une tournée de trois jours. Rien d'extraordinaire à raconter. Si ce n'est que nous n'avons rapporté que des actes de décès, tous nos malades étant morts. À Halle, nous avons découvert un cimetière où un Allemand a enterré chaque jour pendant trois ans vingt cadavres décapités à la hache : Français, Belges, etc.

Nous avons traversé trente-deux villages occupés par les Russes. Partout de la musique diffusée à toute force sur toutes les places. Cela, de 6 heures du matin à minuit. Partout de grands portraits peints (dessins enfantins!) de Staline et des autres, des étoiles rouges, petites et énormes, de formidables drapeaux rouges. À la nuit, tout cela est entouré de petites lampes de couleur.

Les trains d'Alsaciens continuent d'arriver. »

7 novembre

Un avion part demain enfin !

Il fait beau ici. Pourquoi avez-vous mauvais temps à Paris ?

Les trains d'Alsaciens continuent à arriver. Avant-hier, ils arrivaient de Riga. Voilà comment cela se passe.

Nous avons été avertis à 7 heures du soir. Il me fallut cinq minutes pour faire mon plein d'essence, vingt minutes pour charger l'ambulance de paquets de la C.R.F. et ce fut le départ dans la nuit et la difficulté de trouver une gare à l'autre bout de la ville (dans les 25 km) au milieu des ruines, puis des rails. Pendant que l'officier parlant russe allait parlementer avec les Russes du convoi, je restai deux heures dans le froid et le noir à attendre le bon vouloir de ces messieurs. J'étais avec une autre fille qui, voulant tourner son ambulance, prit son moteur (on ne voyait rien) dans un aiguilleur. Impossible de s'en sortir et la voiture était tout contre les rails. Naturellement, la locomotive arrivait. Elle n'allait heureusement pas vite et put s'arrêter à temps. Enfin, il fallut un levier et six Allemands pour sortir la voiture. Enfin, surtout, arriva une nuée d'Alsaciens à qui on donna les cartons. Nous étions, comme chaque fois, les premières Françaises qu'ils voyaient et vous pouvez imaginer leur joie.

Puis ce fut l'officier qui revint mais bredouille. Les Russes ne voulaient pas donner les cinq malades graves et les vingt légers qu'ils avaient.

On revint donc tristement à la maison car c'était une condamnation à mort au moins pour les cinq. On dîna et l'on décida de réessayer le lendemain.

Je repars donc à 8 heures avec un officier plus malin, cette fois à l'autre bout de Berlin, le train ayant bougé. On redistribua des colis. Les Alsaciens, presque tous des Strasbourgeois, pleuraient de joie. Enfin on s'occupait d'eux! Il faut vraiment avoir vu ces trains pour comprendre. Tous ces pauvres garçons ont tellement souffert qu'ils en étaient arrivés à ne plus rien espérer. Ils étaient traités par les Russes exactement comme des Allemands. Pas vêtus, pas nourris, avec de la neige depuis fin septembre. Non seulement pas de nouvelles de chez eux mais rien, pas un mot de la France. Tous malades, maigres, de grands yeux graves, profonds, qui n'ont pas vu rire (car on ne rit jamais dans ces pays-là, je l'ai bien vu en Poméranie) depuis des années. Imaginez ces hommes qui brusquement voient des ambulances françaises, avec des filles françaises, qui leur apportent des cigarettes et des tas d'autres choses! L'un des Alsaciens m'a dit : "Hier soir, quand on a vu les ambulances on s'est dit : on est sauvés, voilà la Croix-Rouge française et on a pleuré."

Pendant ce temps et ce fut long, l'officier français parlant russe discutait et arriva enfin à ses fins en invitant les Russes à déjeuner. Moi, j'embarquai les cinq malades graves. Leurs yeux devinrent brillants de joie lorsque je leur dis qu'ils allaient avoir un bon lit, une bonne nourriture et que, dès qu'ils iraient mieux, un avion les mènerait en France en trois heures.

J'aidai les autres à monter dans la deuxième ambulance. Il y en avait un qui était tellement faible qu'il pleurait.

Après un bon bain on les coucha et ils me disaient : "Merci ma sœur, on n'oubliera pas."

Ce matin, j'ai été leur apporter du chocolat et des cigarettes et comme je leur disais que je n'étais pas une sœur : "Pour nous, vous en êtes une. Une sœur et un Père Noël."

Avouez, ma chère maman, que c'est un travail épatant, autant en tant qu'individu que pour la France. Avouez que cela vaut la peine de rester quelques jours de plus !

Un autre train est parti et s'est arrêté à 150 km d'ici et deux conductrices sont parties pour les recevoir. Là, ils seront habillés en Français, ne dépendront plus des Russes et un train sanitaire prendra les plus fatigués.

En revenant aujourd'hui de l'hôpital, j'ai dû ramasser une femme qu'un camion russe venait de renverser. Cela s'est passé juste devant moi. Cela fait la troisième fois depuis que je suis en Allemagne et les trois fois, les trois Allemandes sont mortes dans mon ambulance.

Lundi, on repart en zone russe. Dimanche, on fait une grande fête pour le 11 novembre.

Cette fois encore, maman, excusez cette lettre que je ne relirai pas car il est (tenez-vous bien !) 4 heures du matin.

J'ai reçu le parfum. Merci mille fois, il est merveilleux.

Mistou part lundi pour Paris, elle vous apportera des photos de moi.

Je vous embrasse de toutes mes forces ainsi que mon papa qui m'a oubliée mais que j'aime toujours autant.

Votre petite Claire. »

En quelques gestes rapides, Claire se déshabille, suspend son uniforme sur un cintre et enfile son pyjama. Elle a éteint la veilleuse qui lui permettait d'écrire sans réveiller Mistou, elle peut enfin se glisser entre les draps.

Dans le grand lit qu'elles partagent, Mistou dort sur le dos. Un souffle régulier sort de ses lèvres et Claire croit distinguer qu'elle sourit dans son sommeil. Elles se sont très bien habituées l'une à l'autre, on les croit des sœurs ou du moins des amies de toujours. Claire aime à penser qu'une année de guerre équivaut à plus de dix années de vie normale. Les épreuves traversées avec Mistou, Rolanne et Plumette, les victoires, les joies partagées les unissent bien plus que ne le feraient de simples liens familiaux.

« Il faut dormir, maintenant », se dit Claire.

Mais elle ne peut pas trouver le sommeil et commence à se tourner et se retourner. Son cerveau agité refuse le repos, ses pensées filent à une allure vertigineuse, dans toutes les directions. En quelques secondes, elle passe d'un état heureux, presque euphorique, à des bouffées de panique qui l'empêchent de respirer.

Elle n'a pas tout dit à sa mère.

Elle n'a pas dit l'essentiel.

Elle lui a fait le récit minutieux des quarante-huit heures passées à récupérer les Alsaciens prisonniers des Soviétiques, elle a insisté sur l'échec de leur tentative le premier jour, sur leur décision de revenir le lendemain et enfin sur la réussite totale de leur mission. Sans cette ténacité, vingt-cinq hommes étaient voués à une mort certaine. Des Alsaciens français enrôlés de force dans l'armée allemande, des « malgré nous » comme on les appelle. Sans s'attarder, elle a mentionné un deuxième officier parlant russe. Elle n'a pas précisé, ou alors si peu, l'importance de son rôle.

Claire imagine sa lettre comme un jeu d'enfant, un dessin où serait cachée quelque part, dans le feuillage d'un arbre, dans les nuages ou le pelage d'un animal, la figure principale, le sujet de la devinette.

Elle revoit dans les moindres détails la soirée de la veille dans la cuisine des filles quand, avec Rolanne et le premier officier parlant russe, elle s'était sentie si abattue, si impuissante. Une vraie souffrance pour eux trois. Et puis un deuxième officier travaillant lui aussi dans la Division des personnes déplacées était descendu les rejoindre.

Claire entend encore sa voix assurée, joyeuse, annoncer comme s'il s'agissait d'une anodine promenade : « Eh bien, nous n'avons plus qu'à y retourner demain matin à la première heure. Je vous jure que nous les sauverons tous. » Claire s'était aussitôt levée : « J'irai avec vous. — J'y compte bien. » Claire sait que c'est à ce moment précis et avec ces simples mots qu'ils s'étaient enfin avoué leur amour. Car Claire, dans son insomnie, admet maintenant ce qu'elle refusait de voir : elle est tombée amoureuse de ce Français d'origine russe dès leur première rencontre.

— C'est bientôt fini, cette danse de Saint-Guy ? Tu m'as réveillée à force de gigoter !

Claire se redresse brutalement et, se prenant la tête entre les mains :

— Mon Dieu, Mistou, qu'est-ce que je vais devenir ?

Il s'appelle Yvan Wiazemsky, il est né en 1915
à Saint-Pétersbourg et sa famille, comme des
centaines d'autres, a émigré au moment de la
Révolution. Longtemps apatride, sa famille a
obtenu la nationalité française dans les années
trente. Wia, comme tout le monde le surnomme, a été mobilisé dès la déclaration de
guerre. Il a tout de suite été fait prisonnier.
Cinq années de camp, cinq années de privations n'ont pas eu raison de sa confiance, de sa
joie de vivre. Délivré par les Soviétiques, il a
combattu à leurs côtés pour rejoindre ensuite
Léon de Rosen dont il est à la fois le bras droit
et le meilleur ami. C'est l'officier français le
plus populaire du 96 Kurfürstendamm, les
femmes comme les hommes l'adorent. Il est
toujours le premier à partir en mission, le premier à improviser une fête. Parlant sept langues
couramment dont le russe, le français, l'anglais
et l'allemand, il sait se faire des amis partout,
aussi bien dans le camp où il était prisonnier
que dans Berlin occupé par les Alliés. Ces qua-

lités font de lui un excellent négociateur, les filles le réclament souvent quand elles vont chercher des Français en zone soviétique.

Claire, dès son installation dans l'immeuble, n'avait pas pu faire autrement que de le remarquer. C'est lui qui avait organisé une petite réception pour accueillir la Croix-Rouge française, lui qui avait instauré un constant va-et-vient entre les étages. Au terme d'une première soirée toutes et tous avaient l'impression de se connaître depuis longtemps et le désir sincère de travailler ensemble. On avait dansé, chanté, bu, porté un grand nombre de toasts à la fin de la guerre, au retour des prisonniers et à la réconciliation des peuples. « Il en fait trop », pensait Claire qui l'avait considéré comme un martien. « Il nous a toutes mises dans sa poche ! Avec lui, on ne va pas s'ennuyer », s'amusait Mistou, et Rolanne, rêveuse, de soupirer : « Quel charme... » Plus tard, les ambulancières belges avaient confié aux Françaises que Wia était un authentique prince et sa famille une des plus anciennes de Russie. « Bah... », avait été le seul commentaire de Claire. Elle avait reconnu toutefois qu'il était sympathique, facile à vivre et bon camarade. Elle semblait ne pas remarquer que Wia, très séduit, se donnait beaucoup de mal pour lui plaire.

Un matin, alors qu'elle se trouvait au deuxième étage, dans le bureau de Léon de Rosen, en train de feuilleter un journal français qui relatait un voyage de son père en Suisse,

Wia avait demandé : « C'est qui ce François Mauriac ? — Voyons, Wia, tu te fiches de nous ! Tu ne peux pas ignorer qui est François Mauriac ! » s'était indigné Léon de Rosen. « Mais si. Alors, qui c'est ? » Devant tant d'ignorance, Claire avait attrapé un fou rire, le premier depuis son arrivée à Berlin. Un fou rire qui l'avait obligée à s'asseoir par terre à même le plancher et qui n'avait fait que s'accroître à mesure que Wia, mis au courant par son ami Léon, lui avait présenté ses excuses. « Vous ne lisez pas de livres ? avait demandé Claire tandis qu'elle commençait à se calmer. — Jamais ! » Nouveau fou rire que les deux hommes ne comprirent pas.

Quand Claire quitta le bureau pour rejoindre son étage, elle avait envie de chanter de joie dans l'escalier : elle venait de rencontrer enfin un homme qui s'intéressait à elle et rien qu'à elle ; un homme qui ignorait l'existence de son illustre père et pour qui la littérature, les livres ne comptaient pas. Cette situation si nouvelle l'enchantait. Ce Wia était bien un martien comme elle l'avait pressenti au début. Dès cet instant, elle remarqua l'attention qu'il lui portait.

Au cours d'une mission avec Mistou et Plumette, alors que les Soviétiques niaient détenir des prisonniers français, Wia avait une fois de plus décidé d'obtenir gain de cause, de ne pas rentrer bredouille. Cela se passait à une centaine de kilomètres de Berlin, dans une zone dévastée, sans un toit pour les abriter. Comme il fallait passer la nuit sur place pour reprendre dès le matin les négociations, ils avaient trouvé à se loger dans une maison occupée par l'Armée rouge. Wia était inquiet. Il savait que les soldats allaient se soûler jusqu'à perdre tout contrôle et que la présence de trois jeunes femmes, des étrangères, exciterait leur convoitise. La peur des viols n'était pas sans fondement, Claire, Mistou et Plumette le savaient. Elles acceptèrent les consignes, il les installa dans une chambre où elles dormiraient ensemble, sans retirer leur uniforme. Il leur demanda encore de pousser de gros meubles contre la porte afin de mieux se protéger d'une tentative d'intrusion nocturne. Lui-même resterait à portée de voix. Mais deux minutes après, il était de retour. « J'ai un cadeau pour vous », dit-il à Claire. Claire, très émue, tendit la main en se demandant ce qu'il avait trouvé à lui offrir dans ce lieu de ruines et de désolation. « Mon poignard. Cela vous servira si un de ces ivrognes parvenait malgré tout à forcer la porte dans l'intention de vous violer. » Et devant son air surpris : « Surtout n'hésitez pas à le lui planter dans la gorge ou le cœur. » Puis il se retira. « Tu parles d'un cadeau, plaisanta Mistou. — Espérons que tu n'auras pas à t'en servir », ajouta Plumette. Claire, elle, contemplait fascinée le poignard. « Le premier cadeau de Wia... » Elle savait déjà qu'il y en aurait d'autres.

Elle ne se trompait pas. Wia prit l'habitude

de lui en offrir selon ce qu'il parvenait à échanger avec les Anglais et les Américains. Claire collectionnait des insignes militaires qu'elle cousait à l'intérieur de la veste de son uniforme. Elle reçut de nouveaux écussons, mais son rêve était d'obtenir des étoiles rouges soviétiques. « Très difficile mais j'y arriverai. Soyez un peu patiente, ayez confiance en moi », lui avait promis Wia. Et avec cette enfantine assurance qui lui était propre : « Vous n'avez pas remarqué ? Je suis très débrouillard ! »

Assurance justifiée ou vantardise ? Claire n'arrive pas à comprendre la personnalité de cet homme. Il ne ressemble pas à ceux qu'elle a côtoyés jusque-là, il la surprend, l'amuse, l'effraye. Suivant les moments, elle le trouve très beau ou alors trop bizarre avec sa grande taille, sa maigreur de rescapé, ses yeux d'un bleu profond et ses oreilles décollées. Il a un charme certain, de cela elle est sûre, elle le vérifie à chacune de ses apparitions. Dès que Wia entrait dans une pièce, les filles devenaient plus coquettes et les hommes retrouvaient des réflexes de camaraderie virile. Chez les unes comme chez les autres, la bonne humeur, presque en toute circonstance, l'emportait. Wia semblait ne jamais se rendre compte de l'effet qu'il produisait. Cette espèce de candeur déconcerte particulièrement Claire. Et s'il était tout simplement un crétin, un crétin inculte ?

— Mon Dieu, Mistou, qu'est-ce que je vais devenir ? Qu'est-ce qui m'arrive ?

Mistou, maintenant réveillée et résignée à l'être, attrape un paquet de cigarettes, en allume deux et en tend une à Claire.

— C'est ton soupirant qui te met dans cet état?

Claire a un sursaut d'indignation. Wia, également exquis avec toutes les femmes quel que soit leur âge ou leur rôle dans l'immeuble, avait vite dévoilé son attirance pour l'une d'entre elles. Les filles de la Croix-Rouge comme les secrétaires de la Division des personnes déplacées n'avaient pas tardé à remarquer l'admiration avec laquelle il la regardait, l'émoi qu'elle provoquait chez lui.

— Quel soupirant? De quoi tu parles? Je ne comprends pas.

— Le prince russe aux grandes oreilles décollées.

— C'est ce qu'il a de mieux, ses grandes oreilles décollées!

Claire est sincère. Elle allait se confier à Mistou, lui avouer sa terreur à l'idée d'être amoureuse, sa joie aussi, mais une douleur soudaine l'en empêche. Elle écrase sa cigarette et se laisse tomber sur l'oreiller en gémissant.

— Je la sens, elle est là, elle monte...

— Quoi?

— La migraine.

Mistou, en quittant la chambre pour rejoindre leur équipe, avait pris soin de tirer les rideaux de façon que la lumière du jour n'importune pas son amie. Elle l'avait laissée gémissante mais n'avait pu s'empêcher de lui demander sur le pas de la porte : « Qu'est-ce qui est le pire pour toi ? Le prince russe ou la migraine ? » Son rire, dans l'escalier, avait mis Claire au bord des larmes. Elle ne veut ni se lever, ni retrouver ses camarades, ni affronter le regard interrogateur de Wia. Comment a-t-elle pu se laisser aller à éprouver un sentiment amoureux aussi fort ? Après sa rupture avec Patrice, elle s'était juré de se contenter de quelques flirts, c'était le prix à payer pour préserver sa chère liberté enfin reconquise. Et voilà qu'elle s'éprend d'un étranger dont elle ignore tout, un ancien Russe, presque un Soviétique, sans métier, d'un milieu qui n'est pas le sien, « un milieu cosmopolite » comme on dit à son propos. Aimer un homme, n'importe quel homme, la met immédiatement en danger, alors celui-là... Claire s'est toujours débrouillée pour ne pas beaucoup souffrir. Elle sait très bien tenir ses amoureux à distance, manier l'ironie, se moquer, décourager. Le tout avec un mélange d'humour et d'amitié qui fait qu'on ne peut pas lui en vouloir. Elle pense encore qu'elle ne vaut pas grand-chose et qu'un homme qui l'aime est un sot. Un sot qui se méprend sur son compte. Si elle est honnête, c'est exactement ce qu'elle a éprouvé à propos de Patrice, bien sûr, mais aussi d'André, du jeune lieutenant de Béziers dont elle avait aussitôt oublié le nom, de Pierrot, de Minko. Elle corrige : non, Minko ne peut pas figurer dans cette énumération. Elle avait pressenti tout de suite le danger qu'il représentait pour elle, son pouvoir de séduction. Après l'histoire de l'ambulance, elle avait su l'éviter, son instinct l'avait merveilleusement protégée. Alors, pourquoi cet instinct n'avait-il pas joué, ici, à Berlin ?

Depuis le partage de la ville, en juillet 1945, Berlin est devenu une gigantesque machine à trier les réfugiés. Ils sont environ un demi-million à arriver chaque mois dans les secteurs anglais et américain. Des Allemands, femmes, enfants, vieillards ; des expulsés de Tchécoslovaquie ; des prisonniers de guerre et tous ceux qui, en général, fuient les Soviétiques. Selon les premiers chiffres, on prévoit que durant l'hiver 1945-1946 près de vingt millions d'Allemands, plus du quart de la nation, se retrouveront sur les routes du pays en ruine. Cet afflux énorme de populations sinistrées complique le travail de la division dirigée par Léon de Rosen et des Croix-Rouge française et belge. Les équipes du 96 Kurfürstendamm continuent à se rendre dans les gares, dans les camps soviétiques, plus loin encore dès que quelqu'un leur signale une possible présence française ; à Frankfurt an der Oder où des trains déversent des êtres qui n'ont plus de nationalité, plus d'identité, plus de place en ce monde. Parmi eux se trouvent des

Juifs qui ont miraculeusement survécu, des Allemands qui ont fui le régime d'Hitler mais aussi d'anciens volontaires français qui ont servi dans les armées nazies et qui cherchent à se faire passer pour d'anciens prisonniers ou des Alsaciens, des « malgré nous ». Tous, aussitôt débarqués, sont conduits dans le camp de rassemblement de Zehlendorf, entièrement sous le contrôle des Américains. En novembre 1945, on comptabilise plus de cinq mille personnes hébergées dans ce seul camp, soit treize nationalités. Une cinquantaine d'autres camps de transit ont été improvisés à la hâte à Berlin.

Claire côtoie chaque jour le destin tragique de ces milliers d'êtres humains. Participer au sauvetage de quelques-uns est comme une réponse aux questions qu'elle se pose, comme la justification de son existence. Cela n'a plus grand-chose à voir avec ce qu'elle a connu durant la guerre, à Béziers. Il ne s'agit plus pour elle de participer à des actions héroïques, de soutenir les mouvements de la Résistance. Il ne s'agit plus de suivre les armées de libération mais de mener une autre lutte plus obscure, plus ingrate, une lutte minuscule : chercher, trouver et sauver de la mort des personnes oubliées. Maintenant, elle sait qu'elle aime profondément la vie à Berlin. Elle la trouve à la fois cruelle, sordide et étrangement belle. Assez proche de l'image qu'offre la ville en ruine, et qui pourtant se reconstruit. Comme durant la guerre, elle s'étonne de mener une vie qu'elle croyait réservée aux héroïnes des romans, des romans qu'elle dévorait adolescente et qui lui faisaient paraître si terne son quotidien de jeune fille.

« Où est la place de Wia ? » songe-t-elle en achevant de se brosser les dents. Elle n'a plus la migraine, quelques heures de sommeil l'ont reposée. Elle ne se sent pas sereine pour autant mais son sens des responsabilités a repris le dessus : elle doit aller trouver Plumette et lui demander l'emploi du jour, ce qu'elle doit faire en priorité.

Mistou est partie prendre quelques jours de repos à Paris. Claire lui a donné des lettres pour sa famille et des photos d'elle, des portraits, exécutés en studio, dans des lumières très raffinées où, pour une fois, elle se trouve jolie. « Une vraie star de cinéma ! » avait constaté une de ses compagnes. « Même ton uniforme a l'air d'avoir été emprunté et on dirait que ta croix de Lorraine est en diamants ! Impossible d'imaginer la vie de chien que tu mènes ici », avait ajouté une autre. « Claire est très bien et nous, les filles, on est fières d'elle », avait conclu Rolanne.

Quarante-huit heures durant, des trains ramènent des Alsaciens. Claire et Wia se retrouvent ensemble pour les accueillir. Pour une fois, les Soviétiques n'en ont dissimulé aucun et certains officiers, avec qui Wia a fini par se lier, leur ont ouvertement facilité la tâche. Claire n'a pas le temps de s'interroger sur ce qu'ils éprouvent l'un pour l'autre mais elle a conscience d'un certain changement dans le comportement de Wia à son égard. Il est encore plus attentif, d'une bonne humeur inégalée et, ce qui ne lui ressemble guère, d'une étonnante discrétion. Contrairement à ce qu'elle a pu craindre, il n'a fait aucune allusion à un quelconque sentiment amoureux, ni même cherché à la voir seule. Mais elle sait son regard posé en permanence sur elle. Un regard curieusement confiant, comme s'il connaissait ce que l'avenir leur réserve et qu'il lui laissait, à elle, Claire, tout le temps nécessaire pour le comprendre aussi.

Le 11 novembre au soir, une grande fête a lieu au 96 Kurfürstendamm pour célébrer l'armistice de 1918. On se reçoit d'un étage à l'autre, la porte sur la rue demeure ouverte en permanence, un flux constant d'invités se joint aux habituels locataires. Des Français, des Anglais, des Américains et des Soviétiques se côtoient dans une entente parfaite, oublient pour quelques heures ce qui, le jour, les divise. Comme il y a beaucoup plus d'hommes que de femmes, les filles des Croix-Rouge française et belge ne cessent de danser, passant de bras en bras. Les Françaises portent l'uniforme bleu Royal Air Force de rigueur mais toutes ont pris le temps de se maquiller et de se coiffer.

« Vous êtes si belle », murmure Wia à l'oreille de Claire. Il la tient enlacée contre lui et lui répète inlassablement la même phrase. Cela fait plusieurs danses de suite qu'elle lui accorde, elle ne fait plus attention aux autres officiers. Ceux-ci, d'abord contrariés, semblent avoir renoncé à elle et s'être donné le mot pour l'ignorer. Si elle avait été attentive, elle aurait remarqué que plus personne ne s'adresse à eux, qu'ils sont comme isolés.

Mais Claire n'est attentive qu'à ce qu'elle éprouve serrée contre Wia, à ce sentiment de sécurité, si nouveau pour elle, qu'il lui communique. Pourtant, il danse mal et lui marche régulièrement sur les pieds, pourtant il ne lui parle pas, hormis son « Vous êtes si belle » qui le rend, à la longue, un peu ridicule. « Il n'a aucune conversation », pense Claire. Et cette découverte loin de l'effrayer, l'amuse. Il lui semble que dans ses bras rien ne ressemble à ce qu'elle avait éprouvé dans d'autres bras, avec d'autres hommes. Elle se sent surtout redevenir femme avec une intensité qui soudain la trouble. Alors, dans un involontaire réflexe de défense, elle esquisse un geste pour le repousser : « C'est invraisemblable ce que vous dansez mal! dit-elle. — Invraisemblable? — Oui. — C'est grave? » Loin d'être vexé, il rit. « Oui. Enfin, non... » Il prend sa tête dans sa main, la guide délicatement vers sa poitrine. Claire sent contre sa joue l'étoffe rugueuse de la veste militaire. Il a refermé ses bras sur ses épaules et la tient étroitement enlacée. Elle entend sa respiration, si calme, si régulière, le murmure de sa voix près de son oreille.

« Qu'est-ce que vous baragouinez ? — Je ne baragouine pas, je vous parle en russe. » Ils restent encore quelques minutes silencieux, presque sans bouger, alors qu'autour d'eux tous les danseurs se déchaînent sur un rythme de boogie-woogie. Enfin, il se détache d'elle et, en la tenant à bout de bras, en la regardant droit dans les yeux avec un curieux mélange de joie intense et de gravité : « Je vous aime. Oui, c'est exactement ça, je vous aime et je ne veux pas vivre sans vous. »

Mistou est rentrée de Paris. Elle a rapporté du courrier, des vêtements chauds et le numéro 1 d'un nouveau journal féminin, *Elle*. Sur la couverture, une belle femme en veste rouge et chapeau noir, brandit en souriant un chat roux aux yeux verts. Mistou vient de faire son entrée dans la cuisine où Claire, Rolanne et deux ambulancières de la Croix-Rouge belge se réchauffent autour d'une tasse de thé. Elles sont sur le point de partir en mission. Une mission délicate et qui ne leur plaît guère car il s'agit d'enlever à des mères allemandes des enfants nés de pères français. Ce sont pour la plupart des hommes qui, durant la guerre, ont été enrôlés de force au Service du travail obligatoire, le S.T.O.

— Écoutez, ça, les filles, dit Mistou en s'asseyant sur la table.

Elle ouvre le journal à la page 3 et lit :

— « Depuis cinq ans, on ne les voyait plus.

Le temps a passé. Les petites sont devenues grandes. Jules Raimu a une fille de vingt ans, Paulette... Etc., etc., etc. Claire Mauriac, la fille de l'auteur des *Mal-Aimés*, est actuellement à Berlin. Conductrice d'une automobile de la Croix-Rouge, elle s'occupe du rapatriement des derniers prisonniers français restés en zone russe. Elle n'a pas encore eu le temps de penser à ce qu'elle fera plus tard. » C'est la gloire, ma Clarinette, la gloire !

Mistou tend le journal à son amie qui contemple en silence les cinq portraits de jeunes femmes. Sa présence parmi ces inconnues lui procure un immédiat sentiment de gêne et de découragement. Jusqu'à la lecture de ce petit article, elle pensait avoir réussi ce qu'elle avait tellement souhaité lors de son entrée à la Croix-Rouge : se fondre dans un groupe. Elle s'était donné beaucoup de mal pour arriver à ce résultat, pour penser et dire « nous » plutôt que « je ». Ce journal féminin, en la choisissant elle plutôt que Rolanne ou Plumette, la ramène à ce qu'elle était avant la guerre : « la fille de... ».

La porte de la cuisine s'ouvre, Wia fait une entrée bruyante, une cartouche de cigarettes américaines à la main.

— Pour vous, les filles. Et pour toi, ma Claire...

Il tient quelque chose dans son poing refermé, l'agite sous le nez de Claire en riant de plaisir.

— Qu'est-ce que c'est ?

— Devine...

Il prolonge le jeu, heureux d'être immédiatement devenu le centre d'intérêt des cinq jeunes femmes. Claire abandonne le journal et se plie à ses exigences : « Animal, végétal ou minéral ? » Wia s'amuse et cet amusement les gagne toutes à l'exception de Mistou qui commence à comprendre que quelque chose s'est modifié dans l'atmosphère de l'appartement. Wia y est chez lui, Claire irradie d'une joie juvénile qu'elle ne lui connaît pas.

— Dites donc, vous deux...

Mais personne ne fait attention à elle. Les filles entourent Wia et le supplient d'ouvrir enfin sa main pour montrer ce qu'il leur dissimule.

— À la place de la bague que je ne peux pas encore t'offrir..., dit-il.

L'insigne militaire représentant l'étoile rouge offert à Claire circule de main en main tandis que Wia raconte comment il se l'est procuré lors d'une beuverie chez des officiers soviétiques. Comme souvent, il se donne le beau rôle, s'attribue des mérites parfois inventés pour mieux servir son récit, mais il le fait avec un tel plaisir que personne ne songe à le lui reprocher. Claire s'émerveille : l'insigne militaire devient le joyau de sa collection, elle le fera coudre dès ce soir à l'intérieur de la veste de son uniforme.

— Tu veux bien t'en charger, ma Rolanne ? Tu sais comme je suis nulle...

Wia aperçoit le journal resté ouvert sur la table et s'en empare avec curiosité. La photo de Claire lui arrache un sifflement d'admiration.

— « L'auteur des *Mal-Aimés*... » C'est l'écrivain ? C'est ton père ?

Et comme Claire hésite à répondre, à la fois choquée par son ignorance et flattée de ce renversement des rôles qui fait de François Mauriac rien d'autre que « le père de... » :

— En parlant de toi, Claire, on parle de vous, les filles. C'est bien qu'on reconnaisse le formidable travail que vous faites à Berlin.

Puis, plus doucement, en déposant un rapide baiser sur ses doigts :

— Je suis fier de toi.

Claire baisse les yeux pour dissimuler son émotion. Elle pense qu'il voit toujours le bon côté des choses et que la vie avec lui devient mystérieusement simple.

Mistou avait oublié de remettre à Claire une lettre que sa mère lui avait fait porter quelques heures avant qu'elle ne quitte Paris. C'est donc en fin de soirée, après une longue journée passée auprès de femmes allemandes, que Claire en prend connaissance. Cette lettre répond à la dernière de Claire qui narrait de façon désordonnée sa rencontre avec Wia. Portée par son besoin de parler de lui, elle n'avait caché ni son origine russe ni son ignorance quant à ce qu'il ferait, plus tard, après Berlin. Maintenant, elle regrette ses confidences. Sa mère, comme elle aurait dû s'en douter, s'inquiète, la met en garde contre cet inconnu, réclame plus de renseignements sur sa famille, sur leur train de vie. Selon elle, Claire perd la tête à Berlin, elle doit se ressaisir, rentrer définitivement à Paris. La seule explication qu'elle trouve à ce qu'elle traite « d'absurde toquade » est d'origine médicale : Claire souffre de surmenage, une raison de plus pour venir se faire soigner en France. Elle lui rappelle que la guerre est finie, que sa place, sa seule et vraie place, est 38 avenue Théophile-Gautier, au sein de sa famille.

La lecture de cette lettre décourage Claire. Sa mère la traite comme une petite fille, lui indique le chemin à suivre, pire, lui donne des ordres. Encore une fois, on ignore la femme qu'elle est devenue. Elle sait que, derrière sa mère, il y a son père, sa sœur et ses frères, qu'ils sont tous du même avis quant à son avenir. En même temps et parce qu'elle les aime, elle s'en veut de leur causer des soucis. La journée qu'elle a eue pèse sur son humeur. Avec Rolanne, elles ont dû, à deux reprises, retirer leur bébé à des jeunes femmes allemandes. C'était un ordre. Les pères français de ces enfants ont été portés disparus, les enfants doivent être arrachés à leur mère pour être rapatriés en France où, peut-être, personne ne les désire.

— Tu penses trop Clarinette, viens te coucher.

Dans le grand lit, Mistou bâille et s'étire. Elle

n'a pas terminé de ranger ses affaires, sa valise ouverte gît au milieu de la pièce, ses vêtements traînent ici et là. Claire éprouve tout à coup un sentiment de réconfort en retrouvant son amie, son inévitable désordre et son insouciance. Oui, Mistou de retour, la chambre des cocottes reprend vie. Claire est fatiguée, elle va rejoindre Mistou dans le lit, dormir. Demain, elle répondra à sa mère.

« 4 décembre
Chère maman,
J'apprends à l'instant un départ dans dix minutes. Il est 8 heures du matin et nous allons à l'enterrement de trois Alsaciens qui n'ont pas survécu à leur transfert.

J'ai reçu votre lettre hier soir. Ne craignez rien, je suis très heureuse.

Je vais vous écrire plus longuement aujourd'hui ou demain mais j'ai voulu vous rassurer dès ce matin.

Nous partons à Paris le 12.

Je vous embrasse de toutes mes forces. »

Elle signe. Mais avant de glisser sa lettre dans l'enveloppe, elle souligne d'un trait très ferme ce qui lui semble l'essentiel : « Je suis très heureuse. »

Quatre jours durant, Claire s'enferme dans une sorte de mutisme sombre qui surprend tout le monde. Aux questions qu'on ne manque pas de lui poser, elle répond évasivement en évoquant la migraine. On la trouve nerveuse, irritable, très différente de la jeune femme que toutes et tous aiment dans l'immeuble. Wia, le plus inquiet, multiplie les questions, insiste, supplie et, même, la bouscule. Le deuxième soir, dans la cuisine du premier étage, il s'emporte et lui fait une scène en présence des filles. Claire s'enfuit aussitôt en direction de sa chambre. Wia veut la suivre mais Rolanne l'en empêche en le retenant par la manche. « Je vous en prie, laissez-la tranquille », dit-elle avec douceur. Wia la foudroie du regard, puis quitte la cuisine en claquant la porte avec une violence qui les fait toutes sursauter. Le lendemain, silencieux à son tour, il affiche des mines de chien battu qui auraient pu faire rire mais qui font pitié. Il monte et descend sans raison les escaliers de l'immeuble dans l'espoir de rencontrer Claire. Mais celle-ci sort peu ou accomplit des missions qui ne nécessitent pas sa présence. Par crainte de se faire rabrouer par ses compagnes, il a cessé de s'adresser à elles. D'ailleurs, Plumette et Rolanne semblent l'éviter. Seule Mistou, quand ils se croisent, le gratifie d'un éclatant sourire et d'un insouciant : « Ne faites pas cette tête-là, tout va s'arranger. »

C'est elle qui, au soir du quatrième jour, monte le prévenir.

— Claire vient de sortir seule pour une destination inconnue. Si vous tenez à lui parler, c'est le moment... Mais ne lui dites pas que je vous ai prévenu...

Wia attrape un manteau et se rue dans l'escalier.

Dehors, il fait nuit, un vent glacial soulève la neige à moitié fondue qui recouvre le sol. Il n'y a personne dans la rue, il repère vite le long manteau militaire, la chapka et les bottillons fourrés. Claire marche à vive allure. Il veut la héler mais il se retient et étouffe un juron. Que fait-elle seule dehors ? Où va-t-elle ? Berlin est une ville extrêmement dangereuse, les femmes le savent et ne sortent jamais autrement qu'accompagnées. Wia pense que Claire a un rendez-vous secret. La douleur physique qu'il ressent alors lui coupe le souffle. Il la sait courageuse, téméraire. N'a-t-elle pas coutume de dire : « J'aime le danger » ? Elle a rendez-vous avec quelqu'un, un homme bien sûr, voilà pourquoi elle l'évite depuis quatre jours. La pensée qu'elle se moque de lui, qu'elle le trompe, lui arrache des gémissements de douleur.

Claire, brusquement, quitte le Kurfürsten-damm et tourne à droite. Une rage froide envahit Wia. Il va la suivre, les surprendre, les confondre. Il lui emboîte le pas, en prenant soin de raser les murs afin de n'être pas surpris si elle se retourne.

C'est bien inutile. La ruelle où ils se trouvent est plongée dans une totale obscurité. Pas la moindre lumière ne filtre des immeubles en ruine. On ne décèle aucune trace de présence humaine. Mais Wia sait que des centaines de Berlinois continuent à vivre terrés dans les caves.

Claire s'est arrêtée et semble hésiter. Puis elle frappe à une porte bricolée à partir de planches et de morceaux de carton. Aussitôt on lui ouvre et elle disparaît. Wia en demeure tota-lement interdit. Un rendez-vous galant dans un pareil endroit est impossible. Que fait-elle? Il décide de ne pas prolonger d'une seconde cet insupportable mystère, de la rejoindre dans les ruines.

Mais Claire justement en sort. Ils se cognent l'un contre l'autre, elle glisse, veut se rattraper à son manteau, glisse encore, perd l'équilibre et tombe sur la terre recouverte de neige mouillée qui commence à durcir.

— Wia, oh, Wia!

Contre toute attente, elle éclate de rire. Un rire nerveux, de joie, de douleur, qu'il contemple ahuri, pétrifié, avec la sensation que rien de ce qu'il voit n'existe vraiment, qu'il va se réveiller et quitter ce cauchemar.

— Aide-moi à me relever, on ne peut pas rester ici, dit-elle entre deux hoquets. Oh, Wia, c'est si bon de te voir, si bon !

Il la tient serrée contre lui tandis qu'ils refont en sens inverse le même chemin. Tous deux luttent contre le vent et cela rend plus difficile leur tentative d'explication. Mais Wia a compris l'essentiel, le pourquoi de la présence de Claire dans la ruelle en ruine. Ce qu'elle tente de lui raconter après lui avoir fait jurer de garder le secret, le stupéfie. Claire, sur sa seule initiative, sans en parler à personne, est allée prévenir une jeune femme allemande de l'enlèvement de son bébé prévu pour le lendemain. Avec son air le plus provocateur, elle affirme se moquer des lois militaires en vigueur et se dit persuadée que la justice, la plus élémentaire des justices, se trouve de son côté. Elle décrit encore la souffrance de ces filles mères allemandes, sans logis, sans chauffage, sans presque rien à manger et qui n'ont plus que leur enfant au monde. Selon elle, l'action de la Croix-Rouge et de la Division des personnes déplacées, dans ce domaine, est cruelle, barbare. Wia connaît son dévouement à ces organismes, son adhésion totale à toutes leurs idées, à tous leurs principes moraux. Il la juge d'une imprudence proche de l'irresponsabilité mais admire la force de ses convictions, son audace physique, son courage. « Tu as du cran », murmure-t-il tandis qu'ils entrent dans leur immeuble. Et sans lui laisser le temps de répondre et avec sincérité : « Je crois que je te comprends. » Claire en doute, mais elle voit les efforts qu'il fait pour se rapprocher d'elle.

Dans l'escalier ils rencontrent Mistou dont le visage s'illumine.

— Alors, à nouveau amis ?

— Oui.

— Et... amoureux ?

— Oui.

Wia reprend Claire par les épaules, la serre contre lui et sur le ton d'un défi lancé au monde entier :

— Oui, Mistou, amoureux, très amoureux. Pour toujours.

Mistou est déjà endormie quand Claire regagne leur chambre. Elle enlève sa veste et ses bottillons sans faire de bruit, allume la veilleuse. La chaleur de la pièce lui semble parfaite, le silence de l'immeuble l'aide à mettre de l'ordre dans ses pensées. Elle est prête, maintenant, à écrire à ses parents.

« 28 novembre 1945

Ma chère maman, mon cher papa,

Un avion part demain matin et un ami vous remettra cette lettre en début d'après-midi.

Pardon d'avoir tardé à vous écrire mais je viens de passer quatre jours épouvantables. Je ne savais plus ce que je voulais et je ne savais plus, je crois, qui j'étais. Mais sans doute était-ce nécessaire.

Ce que j'ai à vous dire est de la plus haute importance car il s'agit de mon bonheur, de ma vie.

Wia m'aime et je l'aime.

Il aime sortir le soir et je déteste ça ; il aime voir des amis et je déteste ça ; il aime boire et je déteste ça ; il aime raconter des histoires drôles et je déteste ça ; nous n'avons aucun point en commun, mais je pense que c'est peut-être avec lui que j'ai une toute petite chance d'être heureuse.

Je vous demande de m'accorder la permission de l'épouser et de me faire savoir au plus vite votre réponse.

Je serai, comme prévu, à Paris le 12 et Wia espère obtenir une permission de vingt-quatre heures pour vous être présenté.

Chère maman, cher papa, je vous embrasse avec toute ma tendresse.

Votre petite Claire

P.-S. : Je ne suis pas sûre de faire une princesse bien présentable. »

Claire et Wia descendent en courant l'escalier pour rejoindre l'appartement des filles, au premier étage. Celles-ci attendent avec impatience le résultat de l'entretien téléphonique que Claire a dû avoir avec sa mère, à Paris. Mais à leur façon de surgir dans la cuisine, elles comprennent aussitôt, les entourent, les embrassent, avec des cris de joie, des applaudissements, des questions. Quand un peu de calme revient, Wia propose de trinquer à leur futur mariage et disparaît à la recherche d'une hypothétique bouteille de champagne. Rolanne fait réchauffer du café, toutes s'installent autour de la table.

Claire ressent un subit abattement, une sorte de grande fatigue qui l'empêche de répondre plus précisément aux questions de ses amies. C'est le contrecoup de la tension des dernières heures, le choc d'avoir entendu la voix de sa mère au téléphone. Elle n'avait encore jamais utilisé l'unique ligne téléphonique reliée à la France, installée dans le bureau de la Division des personnes déplacées. Ce rendez-vous avait été rendu possible grâce à Léon de Rosen. Claire l'avait attendu avec une fièvre et une angoisse qui ne l'ont pas encore complètement quittée. Ainsi donc ses parents ont donné leur accord, ainsi donc elle va épouser Wia... Un doute soudain lui serre le cœur. Et si, comme avec Patrice, elle se trompait ? Et si, encore une fois, elle était victime de l'amour que Wia lui porte ? Victime de son enthousiasme, de sa certitude qu'ils sont faits l'un pour l'autre ?

— Qu'est-ce que tu as, ma Clarinette, tu es toute pâle ? s'inquiète Rolanne.

— C'est la migraine ? ironise Mistou qui porte ses mains à ses tempes et se met à imiter à la perfection les grimaces de Claire, les intonations plaintives de sa voix : « Elle est là, je la sens, elle monte, ouille, ouille, ouille... »

— C'est pas drôle de te moquer d'elle. Si tu avais une seule fois dans ta vie souffert d'une migraine, tu saurais que c'est atrocement douloureux !

— Si on ne peut plus plaisanter...

De surprendre ses amies en train de se disputer à son sujet ramène Claire à des pensées moins négatives. Elle se lève et va à la fenêtre. Dehors il fait nuit, une neige épaisse tombe sur la ville. Elle a conscience de la chaleur de cette cuisine et de la température extérieure. Elle songe à ceux que son équipe a sauvés qui dorment pour la première fois dans un lit. Elle songe encore, très vite et malgré elle, à ses amis morts durant la guerre. « Mais moi, je vis. » Cette sensation d'exister est si forte qu'elle fait volte-face, affronte les regards inquiets de ses compagnes qui, depuis qu'elle leur a tourné le dos, se sont tues.

— Vous savez à quoi ça tient, un mariage entre une fille de la bourgeoisie française et un ex-prince russe spolié de tous ses biens à cause d'une révolution ?

Wia s'est immobilisé sur le seuil de la cuisine, dans l'obscurité de l'entrée. Personne ne l'a entendu revenir dans l'appartement, il observe avec curiosité les jeunes femmes, toutes très gaies, qui écoutent Claire. Cette dernière raconte à sa façon et avec beaucoup de drôlerie le coup de téléphone auquel il a assisté. En tant que témoin il n'avait déjà pas compris grand-chose mais, à cet instant et à cause des mimiques clownesques de Claire, il ne comprend vraiment plus rien.

— Donc, papa se méfie. À Paris, tous les Russes sont des chauffeurs de taxi ou des musiciens de boîtes de nuit, qu'ils soient princes ou pas. « Que faire, que faire ? » se lamente maman en relisant pour la énième fois ma lettre. Papa a une idée : « Téléphonons à Troyat ! » Troyat, Henri Troyat, est un grand ami de mon frère aîné, Claude. C'est un ex-Russe comme Wia, exilé comme Wia, naturalisé français, toujours comme Wia. La seule différence, c'est qu'il a pris un pseudonyme et qu'il est écrivain. Il a même obtenu le prix Goncourt en 1938 avec un livre qui s'appelle *L'Araigne* et je peux vous dire que, ce jour-là, il a fait une sacrée fête...

— Premier rapprochement franco-russe, constate Rolanne rêveusement.

— Comme tu dis... Donc, coup de téléphone à Troyat durant lequel papa le charge d'enquêter sur ce soi-disant prince qui se fait appeler Yvan Wiazemsky. Troyat, qui le devine très inquiet, essaye de le rassurer : « Ce nom m'évoque quelque chose de pas mal du tout, vous savez... Je vous rappelle. » Papa rejoint maman au salon. Ils sont tellement nerveux qu'ils ne peuvent rien faire d'autre que d'attendre. Maman, comme toujours, envisage le pire et, dans ce domaine, c'est une championne. Papa s'énerve : « Taisez-vous, Jeanne, pour l'amour de Dieu, taisez-vous. » Entre parenthèses, je crois les entendre. Dring, dring, dring ! ils se ruent vers le téléphone, papa décroche et entend Troyat enthousiaste, ravi : « Ce n'est pas que c'est pas mal, Wiazemsky, c'est bien, très, très bien ! On ne peut pas faire mieux ! » Et de lui raconter qu'Yvan descend d'une des plus anciennes familles de Russie qui remonterait à l'an 800, je crois. Papa, encore un peu méfiant : « Vous êtes certain que ce n'est pas un escroc ? » Troyat s'amuse. « Mais oui. Avant la guerre, il habitait avec sa sœur et ses parents tout près de chez vous, rue Raynouard. Ses parents y sont toujours, et, si ça se trouve, vous vous croisez souvent. » Soulagement de mes parents, maman m'appelle et m'accorde leur autorisation d'épouser Wia. Papa prend le combiné et, faisant allusion au post-scriptum de ma lettre, ne peut s'empêcher de me dire : « Si tu veux devenir une princesse présentable, je te conseille de t'y mettre dès maintenant ! » Voilà, fin de mon histoire !

— Bravo, quel talent !

Wia entre dans la cuisine en applaudissant à tout rompre. D'une poche de sa capote militaire dépasse le goulot d'une bouteille. D'une autre poche, démesurément gonflée, quelque chose s'agite que personne ne remarque. Claire continue de faire le clown, salue son public. La bouteille de champagne est déposée sur la table, les filles apportent des verres. Wia verse à boire à chacune et, à Claire :

— J'ai cru comprendre que nous devrons notre mariage à un ex-Russe, mais ce nom ne me dit rien. Qu'est-ce qui nous prouve que c'est vraiment un Russe ? C'est peut-être lui l'escroc que redoute ton père...

— Oh, Wia, ne renverse pas les rôles ! C'est sur toi que porte l'enquête, pas sur lui. C'est invraisemblable que tu n'aies pas entendu parler d'un jeune Russe qui a obtenu la nationalité française et qui a gagné peu après le prix Goncourt. Tu as beau ne rien connaître au monde de la littérature, on en a forcément parlé dans ta communauté ! Vous avez dû être tous très fiers, fêter l'événement !

Le front plissé par l'effort, Wia essaye de se souvenir. Il a envie de faire plaisir à Claire ou du moins de ne pas la décevoir et ce qu'elle raconte à propos de ce jeune écrivain lui évoque, petit à petit, quelque chose. Mais ce n'est pas ce qu'elle imagine.

— Si ton écrivain est le Russe à qui je pense, un des fils Tarassof, notre communauté, comme tu dis, n'était pas partout à la fête. Beaucoup ont été blessés par le fait qu'il a changé de nom en devenant français. Nina, ma sœur, était très choquée et lui en veut.

Il s'est exprimé lentement, une tristesse inhabituelle a envahi son visage. Claire pense tout à coup que Wia ne lui a encore jamais parlé de sa famille, de cette communauté russe au sein de laquelle il a grandi. C'est tout juste s'il a mentionné l'existence de ses parents et de sa sœur dont elle vient d'apprendre le prénom : Nina. Jusque-là, ils se sont préoccupés de l'accord de la famille de Claire, pas de celle de Wia. Bien sûr, leur décision d'unir leurs vies est très récente, bien sûr les journées de travail sont très lourdes. « N'empêche, songe Claire, on se connaît si peu... »

Un drôle de son, mi-plainte mi-couinement, la détourne de ses pensées. Comme par enchantement, Wia retrouve sa gaieté. Il plonge une main dans la poche de sa redingote, en retire une grosse boule de poils qu'il dépose au milieu de la table entre les verres de champagne et les cendriers pleins de mégots : c'est un chiot d'à peine trois mois qui fixe apeuré les personnes penchées sur lui.

— J'allais oublier le principal. Avant même de nous marier, nous sommes désormais trois, ma Claire. C'est un gosse des rues qui me l'a vendu. Il prétend que c'est un pur schnauzer, mais je ne peux rien certifier. On dit qu'à l'origine, les schnauzers sont des chiens d'écurie car ils cohabitent très bien avec les chevaux. Quand je t'apprendrai à monter à cheval, il viendra avec nous.

Malgré le froid, la neige, Claire et Wia se promènent dans ce qui fut jadis un parc et qui n'est plus qu'un amoncellement d'arbres, de terre et de racines. Ce paysage de guerre renforce leur envie de vivre, leur volonté de recommencer ensemble quelque chose. Le chiot trotte devant eux. Claire, par instants, se détache des bras de Wia, attrape un bout de bois, une pomme de pin et les jette loin en avant. Ou bien elle court à perdre haleine, le chiot sur ses talons.

Wia la suit des yeux. Il aime sa mince silhouette sanglée dans le manteau bleu marine de la Croix-Rouge, son visage aux joues rondes et enfantines, son épaisse chevelure brune qui s'échappe de la chapka. Il pense alors qu'elle est ce qu'il a de plus précieux au monde et qu'elle va partir à Paris dans quelques jours. Il a confiance en elle, en eux, en ce qu'il appelle un peu pompeusement « leur destin ». Mais comme il est aussi très superstitieux, il ne peut s'empêcher d'effleurer des morceaux de bois et de garder en permanence dans sa poche une miniature en jade censée lui porter bonheur.

Lettre de Claire :

« 5 décembre 1945
Chère maman,
Il ne faut pas m'en vouloir de ne pas avoir eu le temps de vous dire que j'étais heureuse, mais vous devez comprendre que je n'ai plus dix-huit ans et que l'idée de me marier ne suffit pas à me tourner complètement la tête. Je suis très heureuse, de cela j'en suis tout à fait sûre, mais je ne pense pas à cela toute la journée.

Il y a tout le reste de la vie, toutes les horribles souffrances des hommes, l'horrible époque où nous vivons et surtout la certitude de la mort. Dans tout cela, un mariage ne peut être qu'un très heureux incident qui sera peut-être le prélude à des choses très, très tristes, car enfin, pourquoi serais-je éternellement heureuse et épargnée alors que tous les autres souffrent?

Excusez-moi, ma maman, car j'ai l'impression de ne rien vous écrire de drôle. C'est la faute de cette matinée qui fut fraîche et triste.

Connaissez-vous M. Rose qui écrit, je crois, dans *Le Monde* ?

Cet homme qui passa plusieurs mois dans un camp y a perdu sa femme, son fils et, je crois, sa fille. Il était venu ici pour chercher le corps de son fils, mort à Ravensbrück. Une ambulance, conduite par Rolanne, a donc fait hier cette triste mission avec son père.

Ce matin a eu lieu une brève cérémonie où nous étions présentes et je regardais souvent ce père. Il souffrait tellement que cela était insoutenable. Je tremblais de froid, de tristesse, je pensais à lui, à sa famille massacrée et à tous ceux qui ont connu le même destin. Devant tant d'injustice, je ne pensais plus que j'étais heureuse. En ai-je seulement le droit ?

Vous retrouver, retrouver Paris, me fera beaucoup de bien. J'aime profondément ma vie à Berlin mais elle est, parfois, trop douloureuse. Il me tarde de m'en aller, j'en ai assez et je suis fatiguée.

Je vous embrasse avec mon immense tendresse. »

À Paris, Claire prend le temps de revoir ses amis, de se promener dans la ville à la recherche de souvenirs enfuis. L'époque de l'Occupation lui semble encore proche, il lui arrive de s'étonner de ne plus voir les uniformes vert-de-gris au détour des avenues. Elle a du mal à faire le lien entre les vainqueurs de jadis et les milliers de vaincus qui survivent en Allemagne, à Berlin. Quand elle en parle autour d'elle, elle ne suscite guère plus qu'une attention polie. On l'écoute davantage quand elle évoque ses compagnes de la Croix-Rouge ou son futur mariage avec Wia. Elle montre des photos, tente de décrire leur travail. Elle se retient d'avouer à quel point la vie, à Paris, maintenant l'indiffère. Ce n'était pas le cas durant les premiers jours où la joie de revoir sa famille l'emportait sur tout. Mais, très vite, ses parents, ses frères et sa sœur ont retrouvé leurs préoccupations habituelles et Claire, comme à chacun de ses retours, se sent isolée, sans lien réel avec le quotidien du 38 avenue Théophile-Gautier.

Wia lui fait parvenir chaque jour une longue lettre pour la tenir au courant des moindres détails de la vie à Berlin. Lui aussi aime écrire et Claire découvre à quel point il est à l'aise avec la langue française. Pour la première fois il parle un peu de sa famille, de la Crimée qu'ils ont quittée en avril 1919, de leur transit à Malte et à Londres. Mais dans chacune de ses lettres il tient à affirmer sa nationalité française, son désir de se tenir à l'écart de la communauté russe, son absence totale de nostalgie à l'égard du passé.

Enfin arrive la nouvelle tant attendue : Wia sera là le 31 décembre dans la matinée puis rejoindra le soir ses parents et sa sœur Nina à Compiègne où ils séjournent momentanément. Claire ne pourra donc pas les rencontrer cette fois-là et ne cache pas son soulagement : ces présentations de famille à famille sont pour elle des corvées dont elle se passerait volontiers. Wia, heureusement, partage ce sentiment. « L'examen de passage qui m'attend chez toi me suffit amplement pour le moment », lui dit-il au téléphone lors d'une de leurs rares conversations. Claire s'étonne de le découvrir une fois de plus si confiant. Il semble convaincu qu'on lui fera un bon accueil. Il ne comprend pas que Claire s'inquiète au sujet de sa première rencontre avec ceux qu'il appelle déjà « mes futurs beaux-parents ». Au point de lui en faire le reproche : « Il faut toujours que tu compliques tout. » Elle en convient. « Mais tu verras, le prévient-elle, quand tu vivras avec moi, ce sera pire puisque nous serons tout le temps ensemble. » Cette prévision qui sonne comme une menace fait partie des provocations qu'affectionne Claire et qui ont le pouvoir de désarçonner ses interlocuteurs. Elle le sait, le regrette parfois ensuite, mais ne peut s'empêcher de recommencer dès qu'une nouvelle occasion se présente. Pourtant, cette fois-là, le long silence chagrin de Wia au téléphone la trouble. Elle se découvre capable de le faire plus souffrir que bien d'autres de ses anciens amoureux. Elle pense aussi qu'il est à Berlin et elle à Paris, qu'il serait très facile de donner prise à n'importe quel malentendu. Elle entrevoit les risques d'une rupture et en éprouve une si violente douleur que le son de sa voix en est altéré. « Je plaisante. Viens vite, Yvan, viens vite. » Il est très rare qu'elle l'appelle par son prénom et il oublie immédiatement cette phrase qui lui avait fait peur. Mais sur un autre sujet, il tient à mettre les choses au point. « Depuis que je suis français, je ne m'appelle plus Yvan mais Jean. Je suis sûr que tes parents apprécieront ma fierté d'être français. C'est important, ne l'oublie pas quand tu leur parles de moi. »

Wia se trompait.

La famille de Claire au grand complet adore ce prénom russe si exotique et n'entend pas y renoncer. La personnalité franche et directe du jeune homme leur plaît, ils se disent prêts à lui accorder leur confiance et la main de Claire. Tout serait donc pour le mieux si un deuil soudain ne venait de les frapper. L'oncle de Claire, le frère de son père, l'abbé Jean, est mort dans des conditions pour l'instant mystérieuses. Claire voit la souffrance de ses parents, de son père surtout; ses efforts pour dissimuler son chagrin de manière à bien accueillir le nouveau venu. Dans des circonstances moins tragiques, elle sait qu'il aurait été plus attentif, qu'il aurait posé plusieurs questions à Wia concernant ses projets d'avenir, ses goûts, sa religion. Elle sait encore qu'il aurait demandé à rencontrer sa famille de façon à se faire une idée plus complète de son futur gendre.

Elle essaye d'expliquer cela à Wia qui refuse d'en tenir compte. Pour lui l'entrevue est un succès puisqu'il a obtenu sans aucune condition préalable la main de Claire. Il leur reste deux heures à passer ensemble avant qu'il ne prenne le train pour Compiègne et ils choisissent de se promener au Quartier latin.

Il fait très froid, on a annoncé de la neige et ils arpentent, enlacés et amoureux, les allées du jardin du Luxembourg. Ils y croisent d'autres couples qui leur ressemblent et cela les amuse. Claire a oublié ses craintes, cette sensation désagréable que ses parents n'ont pas bien perçu qui était Wia et qu'ils pourraient, peut-être, revenir sur une autorisation trop vite accordée. Elle vit avec une extraordinaire intensité le bonheur physique d'être dans ses bras, la certitude que, malgré tout ce qui les différencie, elle sera heureuse à ses côtés. Elle se sent étrangement détachée de ce jardin, si beau dans la brume de décembre, de Paris.

— Où allons-nous nous marier? demande-t-elle soudain

— Où tu veux.

— À Berlin. Notre vie est là-bas. Notre vraie vie...

— Mais pour nos parents qui ne sont plus de la première jeunesse, l'inconfort de Berlin peut leur sembler insupportable, tu ne crois pas?

— C'est à Berlin que sont tous nos amis.

Ils marchent un instant en silence. Wia désigne à Claire une statue.

— Quand nous étions enfants, ma mère nous emmenait ma sœur et moi jouer au jardin du Luxembourg. Elle donnait toujours rendez-vous à d'autres mères russes au pied d'une des reines de France. Je les connais par cœur : Marguerite de Valois...

Mais Claire ne l'écoute pas. Elle songe à ses propres souvenirs d'enfance, à cette mystérieuse tristesse qui est en elle et qui a grandi avec elle sans jamais disparaître. Une tristesse qui s'atténuait lors des grandes vacances d'été, en Gironde et dans les Landes, mais qu'elle retrouvait à Paris dès la rentrée scolaire. Brusquement, elle s'entend dire :

— Quand nous aurons terminé nos missions à Berlin, je crois que je n'aimerai pas revenir vivre à Paris...

— Où, alors?

— Je ne sais pas. Dans un pays étranger.
Loin.

Claire comprend que Wia plus que n'importe
quel autre homme peut exaucer ce désir d'être
ailleurs. Et si c'était pour cette raison qu'elle
l'avait choisi?

Presque deux mois se sont écoulés depuis leur
séparation, gare du Nord. Claire a trouvé le
temps long malgré sa famille, les heures passées
avec ses amis, avec Martine, sa coéquipière de
Béziers, qui a eu un petit garçon. Seule ou accompagnée, elle est allée au théâtre assister à la créa-
tion de pièces d'auteurs pour elle inconnus : *Les
Bouches inutiles* de Simone de Beauvoir, *Caligula*
d'Albert Camus ou à une reprise : *Les Parents terribles* de Jean Cocteau. Au cinéma, elle a revu
trois fois un film qui l'enchante et qu'elle rêve de
faire découvrir à Wia : *Les Enfants du Paradis*. Elle
a écouté de la musique, fait les magasins pour
trouver des cadeaux à rapporter à ses compagnes
de la Croix-Rouge.

C'est en chantonnant que Claire achève de
remplir ses valises. Ce matin, elle est allée chez
le coiffeur et chez la manucure. Elle se veut
belle pour Wia qu'elle va retrouver en fin de
journée si l'avion pour Berlin décolle à l'heure
prévue. D'ici là, un déjeuner familial réunira
une dernière fois ses parents, ses frères, sa sœur,
son mari et leurs deux petites filles.

Claire sort de la penderie l'uniforme bleu Royal Air Force qu'elle va revêtir. Elle aime la longue veste cintrée où brille la croix de Lorraine ; la jupe droite. Elle sait qu'en abandonnant ses vêtements civils, elle retrouvera une nouvelle assurance, une légitimité. Elle a hâte de reprendre son travail d'ambulancière et de retrouver le 96 Kurfürstendamm.

En achevant de mettre de l'ordre dans ce qui est encore, pour peu de temps, sa chambre de jeune fille, elle retrouve l'album de photos qu'elle avait constitué au retour de vacances passées à Montgenèvre en 1938 et 1939. Elle feuillette lentement les pages, laisse les souvenirs l'envahir. Celles qui l'intéressent le plus concernent le printemps 1938. Sa sœur et elle logent au petit hôtel La Chaumière, ce sont leurs premières vacances sans parents, la découverte, pour elles bouleversante, de la liberté. Elles s'y font tout de suite beaucoup d'amis et deviennent les jeunes filles les plus en vue de la station. Tout le monde s'arrache les « délicieuses petites Mauriac », comme on disait alors.

Claire s'attarde plus longuement sur une photo les représentant sur le balcon en bois du chalet, avec en arrière-plan une chaîne de montagnes enneigées. Elles sont en chemisette et prennent visiblement un bain de soleil. Luce les yeux fermés sourit de plaisir. Claire, les yeux grands ouverts, rêve, comme absente. À quoi pense-t-elle ? D'autres photos montrent les deux sœurs au milieu de la petite bande qui très vite s'était constituée et dont elles étaient les reines. Claire s'émeut un long moment sur les images d'un beau et solide jeune homme, Jock, toujours à ses côtés. Elle se souvient l'avoir rencontré dans la boîte de nuit Les Rois Mages alors qu'il faisait son service militaire. Elle se souvient de leurs randonnées à ski, du bonheur qu'ils avaient à être ensemble, puis de leurs retrouvailles à Paris et de tous les projets qu'ils avaient eus avant que la guerre ne les sépare. Claire se souvient absolument de tout ce qui concerne Jock. Elle ne comprend plus pourquoi c'était avec Patrice qu'elle s'était fiancée. « Jock est mort décapité à Cassino, en Italie », pense-t-elle avec douleur en refermant l'album de photos. « C'est du passé », dit-elle à haute voix. Huit années la séparent de la jeune fille de Montgenèvre, presque une vie. « Du passé », répète-t-elle toujours à haute voix. Et ces mots, dans le silence de la chambre, devant les valises terminées, résonnent avec une farouche détermination.

Une banderole est tendue en travers de l'escalier du 96 Kurfürstendamm sur laquelle on peut lire : « Bienvenue aux premiers fiancés de Berlin. » Des applaudissements éclatent à tous les étages de l'immeuble quand Wia fait son apparition en tenant Claire par la main. Il irradie de joie, de fierté, se retourne à chaque marche pour la contempler encore et encore. Elle est émue au-delà de tout ce qu'elle avait pu imaginer dans l'avion. Quand Mistou, puis Rolanne l'embrassent et lui expriment leur bonheur de la retrouver, Claire ne peut plus retenir ses larmes. C'est dans les bras de Rolanne qu'elle trouve refuge. Elle y pleure comme une enfant tout en répétant : « Je suis si heureuse, si heureuse... » Mais Wia très vite la détache des bras de Rolanne et tout en la soutenant par la taille, la conduit à l'étage suivant où son équipe les attend. Nouveaux applaudissements, nouvelles embrassades. Léon de Rosen les étreint l'un après l'autre, les félicite. « Vous avez fait le bon choix. Tout le monde ici est fier de vous. Que Dieu vous bénisse. » Son sérieux, la raideur de son maintien, c'en est trop pour Claire, après les larmes, elle éclate de rire. « Que vous êtes comique, Rosen, que vous êtes comique... » Sans bien comprendre ce qu'elle a dit et parce que son rire est communicatif, toutes et tous se mettent à rire. Un rire qui se propage bientôt dans tout l'immeuble.

La fête dure tard dans la nuit.

La matinée est bien entamée quand Claire se réveille. Le schnauzer qui a atteint sa taille adulte dort au pied du lit. Il s'appelle Kitz et il a été décidé que sa garde revenait à Claire et Mistou. Soudain la porte s'ouvre, Plumette entre sans s'annoncer. Elle est très pâle.

— Habille-toi vite, Wia et Léon sont là et t'attendent. C'est urgent.

Claire enfile à toute vitesse la robe de chambre en lainage qu'elle a rapportée de Paris et la suit jusqu'au palier. Elle a tout juste le temps de voir qu'ils sont livides, les larmes qui coulent sur les joues pas rasées de Wia.

— Je suis renvoyé de l'armée, dit-il d'une voix à peine audible.

Lettre de Claire :

« 26 février 1946
Cher papa,
Ce matin, au réveil, coup de théâtre : Rosen a reçu l'ordre de Meyer, ministre des Affaires allemandes, de renvoyer Wia. Trois accusations.

1. Trafic illicite avec les Allemands durant la guerre.

2. Bénéfice illicite.

3. Membre de la Cagoule.

Vous imaginez l'état du pauvre Wia et du mien. Rosen fait naturellement tout ce qu'il est en son pouvoir pour arrêter cela.

Il est inutile de vous dire, je pense, que Wia n'a jamais trafiqué avec les Allemands.

Quant à la Cagoule, il n'a été qu'à quelques réunions et n'a jamais rien fait. Il avait alors vingt ans.

Mon papa, je suis navrée de ce nouvel ennui. J'avoue être assez bouleversée et j'espère que vous pourrez nous venir en aide.

Tout cela vient évidemment des communistes. Cela promet pour l'avenir...

Que pouvez-vous faire ? Connaissez-vous Meyer ?

Je me demande s'il faut en parler à Bidault. Pensez que notre avenir est en jeu.

Ce matin, en me réveillant, j'étais vraiment heureuse. La douche a été assez froide.

Je vous supplie de faire quelque chose. Sauf, naturellement, si vous jugez qu'il vaut mieux que vous ne bougiez pas.

Excusez cette lettre, mais j'écris à toute vitesse. Cette lettre doit partir dans quelques instants.

Mon papa, excusez-moi, mais pensez à nous.

J'ai failli prendre l'avion pour venir en parler de vive voix mais Rosen préfère que je reste avec Yvan. Ce dernier devra certainement aller à Paris d'ici très peu de temps.

S'il doit quitter Berlin, Rosen n'y restera pas. Mais nous espérons tous que tout s'arrangera très bien.

Mon papa, j'imagine si bien l'état dans lequel va vous mettre cette lettre que je ne sais que vous dire pour m'excuser mais le pauvre petit Yvan est aujourd'hui aussi malheureux qu'il était heureux hier, aussi triste qu'il est adorable.

Je vous embrasse très fort. »

Lettre de Wia adressée à M. François Mauriac de l'Académie française :

« Berlin, 26 février 1946

Monsieur,

Je ne sais que vous dire, que vous écrire. Le terme, "monsieur", par lequel je m'adresse à vous, me paraît grotesque et désuet. D'autres mots, ceux que je sens, je ne puis les écrire, aujourd'hui moins que jamais.

Hier, retrouvant Claire, je me demandais ce que j'avais fait pour que le Seigneur me fasse si heureux. Ce matin, sous cette boue qui m'ensevelit, je me demande pourquoi une main me retire ce que l'autre me donnait. L'arrivée de Claire, cette histoire qui éclate le lendemain même, ce serait du mauvais mélodrame si ce n'était vrai, horriblement vrai. Rosen s'est jeté dans la bataille avec tout le feu de son enthousiasme, avec toute la force de son amitié pour moi.

Déjà, je me savais indigne du bonheur qui s'offrait à moi, aujourd'hui je réalise quel fou j'étais d'y songer un seul instant. Si seulement cette annonce n'avait pas paru dans *Le Figaro*. Par elle, cette boue rejaillit sur vous, au moment où plus que jamais vous devez être sans reproche, comme doit être un drapeau.

Je m'étonne de rester lucide, et c'est en pleine lucidité que je vous rappelle ce que dit, à peu près, l'Évangile : "Si un bras te cause du scandale, coupe-le."

Claire et moi nous nous aimons, et je sais que cette affaire n'y changera rien. Mais sur le point matériel, sur le plan vital, elle va tout bouleverser et il serait vain de le nier. Ne craignez pas, s'il le faut, de me jeter par-dessus bord, Claire partage mon avis là-dessus. Je ne me noierai pas et l'amour de Claire me protégera.

Si vous pouvez savoir d'où vient le coup, vous faciliterez ma défense et — dès que je serai assez fort — ma contre-attaque.

Ci-inclus, une déclaration que j'ai écrite d'un seul jet, ce matin, et qui résume ma défense.

Je vous supplie de ne pas engager votre nom dans la défense d'une mauvaise cause, si les premiers renseignements vous la montrent perdue.

En me défendant devant les autres, ne me condamnez pas au fond de vous-même, ce qui serait pire.

Je vous aime et je vous vénère, et je vous demande pardon.

Ivan. »

Déclaration de Jean Wiazemsky :

« Je, soussigné, Jean Wiazemsky, lieutenant de réserve, croix de guerre 1939-1940, actuellement secrétaire de la Division des personnes déplacées du groupe français du Conseil de contrôle, fais aujourd'hui, sur l'honneur, les déclarations suivantes :

1. Je n'ai jamais fait de trafic illicite avec les Allemands.

2. Je n'ai jamais réalisé de bénéfices illicites par trafic avec les Allemands.

Les deux accusations portées contre moi sont absolument dénuées de fondement. Je crois pouvoir en fournir la preuve indéniable, en indiquant que, fait prisonnier par les Allemands, le 7 juin 1940 sur le front de la Somme, je suis resté en captivité en Allemagne jusqu'au 21 avril 1945, date à laquelle j'ai été libéré par l'Armée rouge.

En ce qui concerne ma conduite pendant ces cinq années de captivité, je suis en mesure, si nécessaire, de fournir des attestations émanant de personnalités insoupçonnables, aussi bien françaises que britanniques ou soviétiques, étant donné que je me suis trouvé dans un camp où ces nationalités étaient mêlées.

Libéré le 21 avril, je me suis mis à la disposition du Commandement soviétique, et j'ai commandé un corps franc de partisans agissant en liaison avec les éléments les plus proches de l'Armée rouge.

J'ai été, pour ma conduite au cours des dernières semaines de la guerre, l'objet d'une proposition pour la Légion d'honneur, proposition faite par le médecin commandant Meunier, actuellement chirurgien de l'hôpital Dominique-Larrey à Versailles, et qui était à l'époque, médecin-chef de l'hôpital où je me trouvais.

Échangé aux Américains le 21 mai, après un mois passé à organiser des centres de rassemblement de prisonniers français en zone russe, j'ai été recruté sur place à Leipzig par le commandant de Rosen, inspecteur des Missions de rapatriement, pour servir d'officier de liaison entre le Q.G. du XXIe corps d'armée américain et les services français de rapatriement d'une part, et les autorités soviétiques d'autre part.

Ma mission auprès de l'armée américaine s'étant terminée en août, je suis rentré à Paris le 10 août 1945, et après une semaine passée à régulariser ma situation militaire, je suis reparti à Berlin où je me trouve depuis lors.

C'était la première fois que je rentrais en France depuis le 4 juin 1940, date à laquelle j'ai été fait prisonnier.

Je joins en annexe une attestation qui m'a été délivrée par le XXIe corps d'armée américain et qui a servi de base pour une proposition d'attribution de la Bronze Star Medal.

J'estime que la déclaration ci-dessus est de nature à me laver des deux accusations dont je suis l'objet.

En ce qui concerne la troisième qui traite de mon appartenance à la société appelée communément "la Cagoule", j'affirme sur l'honneur ce qui suit :

Au début de l'année 1936, je me suis laissé entraîner à un "Cercle d'études" d'un parti nouvellement fondé et dont les affiches de propagande recouvraient les murs de mon quartier. Le Parti se dénommait, si j'ai bonne mémoire, Parti national révolutionnaire.

L'entreprise de bâtiment où je travaillais m'ayant envoyé en déplacement en province au cours du mois de mars et d'avril, je suis retourné rue Caumartin dans le courant du mois de mai. J'ai trouvé la place occupée par la police qui m'a relâché après un bref interrogatoire.

Un mois après, j'ai été convoqué à la police judiciaire où, après un nouvel interrogatoire, j'ai été de nouveau relâché.

De nouveaux déplacements en province me firent totalement oublier cette affaire.

Quatre mois après, en octobre 1936, je suis parti pour faire mon service militaire. Ayant rengagé en 1938, j'ai servi dans l'armée, sans interruption, du 15 octobre 1936 au 15 août 1945, date de mon retour à Paris et de ma démobilisation.

J'affirme que la seule fois où j'ai, entre 1936 et ce jour, entendu reparler de cette malheureuse aventure, a été en 1938, lorsque sous-lieutenant au 8e cuirassiers à Saint-Germain-en-Laye, j'ai reçu la visite de deux inspecteurs de la Sûreté qui m'ont interrogé sur mon affiliation à "la Cagoule". Je considère que mes explications ont été, à cette époque, suffisantes pour prouver la fausseté de ces allégations, puisque je n'ai jamais entendu reparler de cette affaire.

Je saisis cette occasion pour réaffirmer avec force que ni avant, ni pendant mon service militaire, je n'ai appartenu à "la Cagoule", et que je n'ai jamais commis aucune action condamnable ou préjudiciable aux intérêts de mon pays, ou contraire à mon honneur d'officier.

C'est sur cet honneur d'officier, auquel je

n'ai jamais failli, que je fais la présente déclaration.

Les années pendant lesquelles j'ai servi mon pays, le sang que j'ai versé pour lui, me donnent le droit de demander que l'occasion me soit donnée de me laver publiquement de ces accusations.

Fait à Berlin, le 26 février 1946
Jean Wiazemsky. »

Lettre de Claire :

« 4 mars 1946
Chère maman,

Un tout petit mot écrit à toute vitesse car je pars dans un instant à Leipzig et que j'apprends que quelqu'un va à Paris. J'ai essayé plusieurs fois de vous téléphoner mais je n'ai pu y arriver.

Nous ne savons encore rien de précis mais nous avons été rassurés par plusieurs côtés à la fois. La police française de Berlin a pris l'affaire en main et dit que cela s'arrangera très bien.

Wia est un tout petit peu détendu. Très peu, mais enfin, un peu. Inutile de vous dire que, jusqu'à maintenant, je n'ai pas nagé dans le bonheur comme disaient les gens que je rencontrais à Paris. Le pauvre Yvan est encore plus désespéré pour moi que pour lui. Tant que cette affaire ne sera pas réglée et bien réglée, il ne veut pas entendre parler de mariage. Moi, je fais tout ce que je peux pour lui rendre confiance, et dans la vie, et en lui, mais c'est difficile. Son visage qui semblait si heureux le jour de mon arrivée s'est refermé et sa mine n'est pas belle à voir.

Que pensez-vous de tout cela ? Qu'a fait papa ?

Il y a beaucoup de travail. Il fait très froid.

Demandez à papa de me, de nous pardonner, mais je vous assure que le pauvre Wia n'y est pour rien et qu'il est bien malheureux. Sa nature est incapable de prendre une histoire comme cela à la légère.

Je vous embrasse tous très fort.

Votre petite Claire. »

Il est à peine 6 heures du matin. Son enveloppe cachetée, Claire descend à l'étage des filles pour la déposer devant la chambre d'une collègue qui va à Paris et qui dort encore. Elle a déjà enfilé son manteau, chaussé ses bottillons car Mistou l'attend au volant de leur ambulance en compagnie de Wia. Ils font partie d'un convoi de quatre automobiles qui doit se rendre à Leipzig où, dans un hôpital de fortune occupé par les Soviétiques, une nouvelle et importante épidémie de typhus vient de se déclarer. Selon des sources pour l'instant secrètes, des Français prisonniers se trouveraient parmi les malades. Une première équipe médicale anglaise, déjà sur place, fait état de nombreux décès et de l'urgence à évacuer ceux qui, ayant déjà eu le typhus ou souffrant de ses dernières manifestations, ne sont plus contagieux.

Claire est de retour, le convoi peut démarrer. Sur sa demande, Mistou lui cède le volant. Wia, une carte approximative des environs de Berlin sur les genoux, fulmine devant le choix du trajet. Selon lui, une autre possibilité aurait permis d'utiliser des routes moins défoncées. Il ne cesse de s'en prendre au responsable de cet itinéraire, à la pluie qui tombe sans disconti-nuer. Claire et Mistou, sans se concerter, se gardent bien d'intervenir et de le contrarier. Elles voient à quel point il est à cran, tendu et totalement dépourvu d'humour. C'est la pre-mière fois qu'il se montre à elles dans cet état. Saura-t-il au moins convaincre les Soviétiques de restituer les Français? Elles savent que cela peut prendre des heures, que Wia devra faire assaut de charme, de diplomatie. Pour l'instant, il semble uniquement préoccupé par les témoi-gnages susceptibles de l'innocenter. Rosen et lui en ont réuni quelques-uns. Ils attendent avec impatience ceux de généraux américains.

Il fait encore nuit, le convoi avance lente-ment. Enfin, le jour se lève. Des carcasses de tanks carbonisés encombrent toujours les bas-côtés d'une route qui n'existe plus. Des vols de corbeaux affamés passent au-dessus des voitures et leurs cris lugubres accentuent l'aspect désolé des champs, des plaines.

Des heures après, le convoi atteint les abords de Leipzig, ce qui subsiste des premières habi-tations apparaît. Certaines sont totalement détruites, d'autres tiennent encore à peu près debout mais aucune n'a un toit. Les murs qui restent sont uniformément noircis par la fumée des incendies. Dans les rues, il n'y a personne pour regarder passer le convoi. À croire que, comme à Berlin, les survivants allemands se terrent en présence des vainqueurs. Claire, Mistou et Wia qui étaient déjà venus en mission dans ces faubourgs, sont impressionnés en constatant à quel point, apparemment, rien n'a changé. Le silence qui les accueille est toujours le silence d'une ville morte.

Mais il est inutile de pénétrer plus avant car ils arrivent près de l'hôpital de fortune des Soviétiques. Ce sont de vieux baraquements accolés au camp de prisonniers, entourés d'un cordon sanitaire et gardés par un grand nombre de sentinelles armées.

— Allons-y, dit Wia. On va voir ce qu'on va voir.

En fin d'après-midi, après des heures de délibérations avec les autorités soviétiques, les chances de retrouver des Français semblent exclues. Claire, Mistou et leurs camarades attendent à l'abri dans les ambulances tant il pleut dehors. Elles ont froid, elles ont faim, elles contemplent avec inquiétude la boue et l'eau envahir les chemins.

Soudain, Wia apparaît radieux, accompagné d'un gradé soviétique.

— Tout est arrangé, sortez les brancards, les filles.

Peu après, l'ambulance que conduit maintenant Mistou repart en sens inverse. C'est à nouveau la nuit, les phares des voitures peinent à éclairer les routes inondées. Serrés contre elle à l'avant, Claire et Wia s'efforcent de distinguer les fossés et les trous. À l'arrière, trois des quatre lits superposés sont occupés par d'anciens ouvriers du S.T.O. Ils ont déjà eu le typhus, ils sont encore affaiblis mais ils ne sont plus contagieux. « Vivants ! » répète Claire régulièrement. « Vivants ! » répond à chaque fois Mistou. Elles ont pour un temps oublié la faim, le froid, la fatigue.

Pendant les rares moments où la conduite est plus aisée, Wia raconte comment il a pu les sauver.

— L'officier qui a tout rendu possible par son intervention, Alexis Gazdanov, était prisonnier avec moi. Il y avait encore une trentaine d'autres soldats soviétiques et nous nous entendions très bien. Rouges, blancs, prolétaires ou aristocrates, quelle importance, nous parlions la même langue ! Ils m'avaient tellement adopté qu'ils m'appelaient tous « camarade prince » ! Quand nous avons été délivrés par l'Armée rouge, j'ai combattu à leurs côtés, puis ils ont expliqué mon cas aux autorités. Au moment où elles m'ont rendu aux Américains, ils m'ont proposé de repartir avec eux en U.R.S.S... Oh, Claire ?

Claire qui s'était assoupie n'a pas écouté ce

que racontait Wia. À tout hasard, elle tente une réponse :

— Oui, et alors ?

— Alors, j'ai été tenté, très tenté. À leur contact, au camp, j'avais compris à quel point c'était vain d'espérer revenir et reconstruire la Russie de jadis. J'ai demandé à partir en U.R.S.S. avec mes parents mais les Soviets ont refusé. Si je m'étais, par ma conduite, racheté à leurs yeux, mes parents demeuraient pour toujours des traîtres... Voilà pourquoi je suis resté.

Il sent la tête de Claire s'alourdir sur son épaule, les boucles brunes qui effleurent sa joue et comprend qu'elle s'est endormie.

Le lendemain matin, un petit déjeuner tardif réunit dans la cuisine du premier étage Claire, Mistou, Plumette et deux ambulancières belges. Elles discutent l'ordre du jour, évoquent les trois ouvriers français admis pour un bref séjour dans un hôpital de Berlin. La porte de l'appartement s'ouvre doucement, une jeune fille au type slave très prononcé apparaît dans l'encadrement de la porte.

Elle s'appelle Olga, elle est d'origine russe et a obtenu la nationalité française avant la guerre. Comme Wia, elle parle très bien plusieurs langues. Léon de Rosen l'a appelée en renfort pour travailler en tant que traductrice lors des nombreuses réunions avec les représentants des pays alliés. Son sérieux, son dévouement à la cause des Personnes déplacées l'ont rendue indispensable. Arrivée mi-janvier, elle s'est vite liée avec les filles des Croix-Rouge française et belge qui l'invitent souvent à partager leurs repas. Claire sait qu'elle occupe le même bureau que Wia mais n'a pas eu encore l'opportunité de faire connaissance avec elle.

— C'est pour vous, dit Olga. Un billet de Wia.

Elle tend à Claire un morceau de papier plié en quatre, accepte la tasse de thé que lui propose Plumette et s'assoit à leur table. Tandis que Claire lit, le silence se fait dans la cuisine. Un silence tel que l'on entend les bruits de la rue, les rares moteurs de voitures. Sa lecture terminée, Claire a un long soupir théâtral suivi d'un haussement d'épaules. Puis, sur le ton de la plainte :

— C'est invraisemblable !

— Quoi, mon chou ?

Comme elle tarde à répondre, Mistou poursuit à l'intention de ses compagnes :

— C'est invraisemblable ce qu'elle peut dire souvent : « C'est invraisemblable ! »

Les rires qui fusent décident Claire.

— Wia m'écrit que le témoignage d'un général américain le lave intégralement des accusations de trafics illicites avec les Allemands. Ce général certifie qu'il était bien prisonnier durant toute la guerre, qu'il a combattu aux côtés des Soviétiques, etc., etc., etc. Toute personne normale devrait se réjouir mais Wia, non. Il est obsédé par sa soi-disant appartenance à la Cagoule, parle de son honneur souillé, etc., etc., etc.

— Vous ne pouvez pas comprendre.

C'est la nouvelle venue, Olga, qui vient de s'exprimer d'une voix à la fois hésitante et ferme. Une légère rougeur sur le visage et un imperceptible tremblement de tout le corps indiquent qu'elle fait un effort pour parler. Le silence qui suit ses paroles paraît l'impressionner davantage encore, elle peine à poursuivre. Mais sur un geste d'encouragement de Plumette et après une longue inspiration :

— Vous êtes françaises depuis toujours. Vous ne pouvez pas imaginer ce que c'est que d'être obligé de tout quitter, sa maison, ses biens, sa patrie, tout. Vous ne pouvez pas imaginer ce que c'est d'errer d'un pays à l'autre, de changer de langue, de culture. Vous ne pouvez pas concevoir une seconde ce que c'est que d'être apatride. Il faut l'avoir vécu dans sa chair pour comprendre. Apatride... Je suis sûre que ce mot ne vous évoque rien... Alors, quand on a enfin trouvé un pays qui vous accueille, un pays qui offre la possibilité de tout recommencer à zéro, alors, on s'accroche, on veut en être digne. Et quand ce même pays vous fait l'honneur de vous accorder la nationalité française, on se doit d'être parfait, on se doit de le servir, cent fois, mille fois mieux que tout citoyen français de naissance. Wia ne peut pas supporter qu'on le soupçonne, avec cette histoire de Cagoule, d'avoir porté atteinte à l'ordre de son pays.

Vous devez toutes faire un effort, comprendre sa fierté d'être français, comprendre le pourquoi de cet orgueil blessé et comprendre qu'il ne trouvera pas le repos avant d'être officiellement innocenté.

Olga a parlé d'une traite, sans reprendre son souffle, en devenant de plus en plus rouge. Un peu de sueur perle sur son front. Les jeunes femmes présentes la fixent en silence, comme tétanisées. Olga a un petit sourire embarrassé qui se veut une excuse et se tourne vers Claire.

— Ne m'en voulez pas pour ma fougue, Claire. Je suis très timide et comme tous les timides, quand je me lance... D'ailleurs je m'adressais autant aux autres qu'à vous. C'est par souci pour Wia, pour que vous le compreniez mieux... Surtout vous, Claire, il vous aime tellement ! Claire ?

Mais Claire, depuis quelques secondes, semble perdue dans une étrange rêverie. Comme cela lui arrive parfois, elle s'est absentée loin, très loin.

La lune, haut dans le ciel, éclaire la route comme en plein jour. Aux forêts de pins allemandes succèdent les forêts et les plaines françaises. Claire conduit l'automobile sans fatigue, avec cette allégresse qu'elle éprouve souvent quand elle roule au cœur de la nuit. Par la fenêtre entrouverte pénètre un air frais, parfois chargé d'odeurs d'arbres et de terre, qui l'aide à rester éveillée. Claire sifflote des rengaines à la mode, les hymnes nationaux qu'elle a appris à Berlin. Elle a le sentiment de sortir de l'hiver, d'aller au-devant du printemps, au-devant d'une vie libre, harmonieuse et apaisée. Elle en oublierait presque qu'elle n'est pas seule dans la voiture.

À l'arrière, Wia et Léon de Rosen dorment profondément. Elle entend la respiration sifflante de l'un, les rares ronflements de l'autre. Ils se sont succédé au volant après leur départ de Berlin, en fin d'après-midi. Les derniers trois cents kilomètres jusqu'à Paris reviennent à Claire. C'est elle qui a imposé ce partage, et les deux hommes se sont inclinés. Maintenant, dans le faux silence de la nuit, Claire peut repenser avec plus de calme au pourquoi de ce voyage.

Prouver que Wia n'a jamais appartenu au mouvement d'extrême droite la Cagoule, se révèle plus compliqué que ce que l'on était en droit d'imaginer. À Paris, au ministère de la Justice, des personnes non encore identifiées font obstruction. Léon de Rosen défend son ami comme s'il s'agissait de lui-même. C'est un homme courageux, habitué à être obéi et approuvé de tous. Pour lui, la justice est une exigence concrète, un combat de tous les jours, de toute la vie.

Mais Léon de Rosen n'est pas toujours diplomate. Il lui arrive de se laisser emporter par sa subjectivité et cela quel que soit son interlocuteur, y compris Wia. Claire repense à leurs disputes durant les premières heures du voyage. Elle a déjà oublié les détails mais se souvient que Léon soutenait l'idée qu'il fallait confronter Wia à ses accusateurs.

Wia trouvait le moment mal choisi, la situation encore trop confuse. Le fait que Claire ait été désignée pour ramener d'urgence une automobile à Paris les avait momentanément mis d'accord : ils viendraient avec elle. Wia, plus superstitieux que jamais, avait vu dans ce hasard un heureux présage, l'amorce du retour de ce qu'il appelait sa « bonne étoile ». « Je les laisse où ils veulent, je dépose l'auto au garage et je vais voir mes parents », pense Claire avec légèreté. Sa place d'avion est déjà retenue sur un vol de l'après-midi, elle se réjouit d'être le soir même de retour à Berlin.

Le jour se lève sur une campagne paisible, couverte de rosée. Claire traverse des villages encore endormis où les coqs ont commencé de chanter. Elle croit reconnaître des parfums de fleurs, une odeur de pain. Elle s'étonne de retrouver des paysages qui ne sont plus aussi marqués par la guerre ou qui ont été miraculeusement épargnés. Elle aime d'amour ce pays, le sien. À voix basse, de façon à ne pas réveiller les deux hommes qui dorment, elle chante Charles Trenet :

> *Le vent dans les bois fait hou hou hou*
> *La biche aux abois fait mê mê mê*
> *La vaisselle cassée fait cric crin crac*
> *Et les pieds mouillés font flic flic flac.*
> *Mais...*
>
> *Boum*
> *Quand votre cœur fait boum*

— Non, Wia, ce n'est pas possible...

Claire a déposé Rosen dans Paris et s'apprêtait à en faire de même avec Wia, quand celui-ci, soudain, lui demande de venir avec lui voir ses parents. Claire objecte qu'ils ne sont pas prévenus, qu'ils ne l'attendent pas, qu'une première rencontre se prépare mieux et à l'avance.

Wia parle de l'hospitalité russe. Il balaye un par un ses arguments. Il insiste avec une ardeur fiévreuse qu'elle ne lui connaît pas, comme si c'était pour lui une question de vie ou de mort, comme si c'était la plus grande preuve d'amour qu'elle pouvait lui donner. Claire objecte encore qu'elle n'a pas dormi, qu'elle a besoin de faire une toilette, de se coiffer, de se maquiller; de quitter ses vêtements froissés par le voyage pour d'autres plus élégants.

— Je dois te faire honneur, Wia... C'est tellement important la première impression que les gens ont de vous... C'est, c'est... déterminant!

— Tu n'es jamais plus belle que dans ton uniforme de la Croix-Rouge.

Claire trop lasse pour insister davantage se laisse entraîner dans l'immeuble de la rue Raynouard où vit la famille de Wia. En attendant l'ascenseur, il l'étreint avec passion, couvre son visage de baisers.

— Je suis si heureux que tu rencontres enfin mes parents. Si heureux...

Un premier coup de sonnette, puis un deuxième et un troisième plus insistant. Wia, soudain très nerveux, s'impatiente.

— Mais qu'est-ce qu'ils fichent...

De l'autre côté de la porte lui parviennent des bruits confus, une sorte de piétinement accompagné de murmures. Enfin la porte s'ouvre et Wia entre dans l'appartement. Claire, du palier où elle est restée figée par la surprise, découvre deux personnes âgées en robe de chambre, une pièce en désordre où traînent les restes d'un repas. Son attention est surtout retenue par la femme en bigoudis, aux traits fatigués, qui la fixe aussi effrayée qu'elle.

Sur un banc de la rue La Fontaine, Claire se tient prostrée, en proie à une panique animale. Des passants, la croyant victime d'un malaise, ont voulu lui venir en aide. Devant son mutisme farouche et son regard hostile, ils se sont résignés à s'éloigner. « Chagrin d'amour », a murmuré l'un d'entre eux.

Cette phrase que Claire a entendue résonne à ses oreilles. Elle la répète plusieurs fois pour mieux en comprendre le sens. Parce qu'elle s'applique à respirer lentement, l'étau qui sert sa poitrine se relâche et les souvenirs affluent, précis comme des photographies. Elle revoit les parents de Wia, leur appartement. Deux mots s'imposent comme une ritournelle : laideur et pauvreté, pauvreté et laideur. Dix minutes à peine lui ont suffi pour enregistrer le désordre de la pièce ; l'ameublement hétéroclite ; les châles, les gravures, les bibelots qu'elle juge de très mauvais goût. Mais s'il n'y avait que cela... Elle revoit surtout le couple des parents. Elle ressent dans sa propre chair l'humiliation qu'ils ont éprouvée à s'être laissé surprendre dans des robes de chambre usées, trouées par les cendres des cigarettes. Comment Wia a-t-il pu imaginer que cette rencontre inopinée leur

166

ferait plaisir ? Comment n'a-t-il pas vu les larmes dans les yeux de sa mère, les gestes maladroits qu'elle avait eus pour tenter d'enlever ses ridicules bigoudis... C'est Claire qui, dans un élan de pitié, de sincère pitié, avait eu le réflexe d'aller vers la femme, de l'embrasser et de s'excuser pour cette malheureuse intrusion. Elle se souvient encore avoir accepté du thé servi dans une très belle porcelaine ancienne ébréchée... Puis elle avait pris congé en prétextant l'automobile qu'elle devait déposer au garage. Leur soulagement, alors... L'empressement avec lequel ils l'avaient accompagnée jusqu'au palier... L'air béat de Wia...

« Quel crétin ! dit Claire à haute voix. Quel sinistre crétin ! » Elle songe avec colère et amertume qu'à aucun moment il n'avait éprouvé l'ombre d'un malaise, perçu l'effroi qui régnait chez elle comme chez ses parents. Il avait improvisé cette rencontre, il avait décidé qu'elle serait heureuse et sans doute l'était-elle à ses yeux. Son aveuglement achevait de rendre dramatique cette désastreuse matinée. Dramatique et ridicule.

Claire allume une cigarette. Avec une lucidité glacée elle compare sa famille à celle de Wia. Il ne s'agit pas seulement de deux nationalités différentes, il s'agit de deux mondes qui n'ont rien à voir l'un avec l'autre. Sur le banc de la rue La Fontaine, elle se trouve exactement à mi-chemin entre l'appartement du 38 avenue Théophile-Gautier et l'appartement du 12 *bis* rue Raynouard. Cet ironique hasard géographique ne la fait pas rire mais la ramène à son programme de la matinée. N'avait-elle pas prévu, elle aussi, d'arriver à l'improviste chez ses parents, leur faire la surprise de sa brève présence à Paris ? Dans une sorte de dédoublement, elle s'imagine leur annoncer la rupture de ses fiançailles. Car c'est précisément à cela qu'elle songe. D'autres images l'assaillent. Elle se revoit un an auparavant, sur un banc près du pont Alexandre-III, fiancée à Patrice et découvrant qu'elle ne voulait pas l'épouser. Elle éprouve aujourd'hui la même étouffante sensation d'être prise dans un piège. « Comme l'histoire se répète », se dit-elle plusieurs fois. Une envie de pleurer la submerge. Elle croit entendre le commentaire des passants peu de temps auparavant : « un chagrin d'amour ».

De retour à Berlin, dans la chambre des cocottes, Claire n'arrive pas à trouver le sommeil. Mistou prend presque toute la place dans le lit et dort d'un sommeil agité. Elle bredouille des mots sans suite, geint en proie à de mauvais rêves. Sur le tapis, le chien Kitz est allongé de tout son long et émet parfois quelques grognements. Il a fait à Claire une fête démesurée à laquelle elle a répondu avec gratitude. Elle a passé sous silence sa rencontre avec les parents de Wia, elle a menti à propos de ses parents à elle. Comment avouer qu'elle n'était pas allée les voir et qu'elle avait préféré se promener seule, le long de la Seine, en fumant cigarette sur cigarette ? C'est durant cette longue errance qu'elle avait mesuré tout ce qui la séparait de Wia et qui rendait peut-être impossible leur union. Elle avait aussi décidé de n'en parler à personne, de ne rien faire avant que Wia soit complètement innocenté. Après, elle verrait.

Dans l'après-midi du lendemain, Wia est de retour. Rosen, resté à Paris, réunit les derniers documents nécessaires. Les deux hommes sont confiants : d'ici peu, le dossier sera clos, on pourra fixer la date du mariage. Wia en est si heureux qu'il presse Claire de l'accompagner marcher dans la forêt.

Après le long hiver, le printemps semble en avance. Sous le soleil, les ruines de Berlin ont un autre aspect. Les Berlinois sont plus nombreux dehors, dans les rues, aux abords des forêts proches de la ville.

Wia tient Claire par la taille, ils avancent d'un bon pas sous les sapins. Claire est grisée par les odeurs de résine et de terre, par les jeux de lumière entre les branches des arbres et la douceur inattendue de l'air. Des pousses d'un vert tendre annoncent les prochaines fleurs. Claire fait des projets pour les jours de congé. Ils reviendront d'ici quelques semaines, deux peut-être, cueillir les perce-neige, les violettes et les primevères. Elle accepte même d'apprendre à monter à cheval puisque c'est le sport préféré de Wia. Plus ils s'enfoncent dans la forêt, moins l'avenir lui paraît menaçant. Elle n'a pas oublié sa rencontre avec les parents de Wia, mais maintenant qu'elle a quitté Paris, qu'elle est contre lui, dans ses bras, ils ont beaucoup perdu de leur importance. Ce sont deux pauvres fantômes alors que Wia est un homme de chair, vivant, si vivant. Le chien Kitz court loin devant eux.

— Oh, que je suis distrait! J'allais oublier de t'offrir ce que j'étais allé chercher à Paris, dit Wia.

Il sort un petit écrin usé de la poche de son manteau, le tend à Claire. Comme elle hésite à l'ouvrir, il le fait à sa place et retire une bague qu'il lui passe à l'annulaire gauche.

— C'était la bague de fiançailles de maman. Elle n'a jamais voulu la vendre car elle était destinée à ma future femme. Elle est à toi, maintenant.

Claire regarde, impressionnée, la bague en or sertie de petits rubis et de diamants.

Lettre de Wia à Mme François Mauriac :

« Berlin le 28 mars
Madame,

Je viens d'apprendre qu'un de nos officiers part tout à l'heure pour Paris et veux en profiter pour gribouiller un petit mot que je n'aurais pas confié à la poste normale.

Claire a reçu ce matin une lettre de vous qui l'a beaucoup bouleversée et je suis moi-même assez inquiet, Claire m'ayant lu certains passages. À vrai dire, c'est surtout une phrase qui a semé le désarroi en nous, la phrase où vous dites à peu près : "Ici les affaires n'ont pas trop bien marché." Claire et moi, nous nous demandons avec une certaine angoisse s'il s'agit là, comme pour la "maladresse" de Rosen, de sa conversation avec Monsieur Mauriac ou de son entretien avec le ministre.

Rosen est un être d'élite que vous aurez, j'espère, l'occasion de mieux juger et d'apprécier à sa vraie valeur. Ceci dit, il est très brusque

mais sauve ses fautes de tact et de diplomatie, ou cherche tout au moins à les rattraper,
par son charme slave et son incontestable
séduction.

C'est pourquoi je m'excuse de vous avouer
très franchement que Claire et moi souhaitons,
aussi paradoxal que cela puisse paraître, que ce
soit avec vous qu'il a été maladroit.

En partant, il a eu avec Claire et moi une
longue conversation au cours de laquelle il s'est
montré très optimiste quant à l'issue de mon
"affaire". À Paris, il devrait voir un tas de gens
très importants pour la régler définitivement.
L'a-t-il fait ? Quel résultat a-t-il obtenu ? Autant
d'inconnues car je ne lui ai pas téléphoné
depuis huit jours. Je le fais ce soir et seulement
alors je serai fixé sur les dilemmes créés par
votre lettre de ce matin.

La "guerre des nerfs" rebondit, mais cette
fois c'est moi qui suis plus calme et Claire plus
émue et c'est pourquoi elle ne vous écrira
qu'après le téléphone de ce soir.

Nous sommes, elle et moi, bien coupables vis-
à-vis de vous. Claire est une fille dénaturée et
moi, en attendant le jour où je serai votre fils
— même dénaturé —, je suis tout bonnement
un grossier personnage, de ne vous avoir pas
écrit. Mais nous avons tous les deux beaucoup
travaillé, et aussi idiot que cela puisse sembler,
j'ai déjà passé à Claire un de mes défauts, celui
d'être superstitieux. Après nos lettres un tan-
tinet affolées du premier jour, nous n'osions

pas, quand tout avait l'air de s'arranger peu à peu, vous rassurer trop vite de peur d'attirer sur nous de nouveaux malheurs.

Une chose reste, que je vous confirme, comme je l'ai écrit à Monsieur Mauriac au début de l'affaire. Je refuserai, même malgré l'insistance de Claire, de me marier avant d'être fixé sur les résultats. Mais je pense que ceux-ci seront sus avant le 10-15 avril. S'ils sont mauvais, je rentrerai à Paris avec Claire et tandis qu'elle se reposera, je verrai ce qu'il y a lieu de faire. Je sens que je serai combatif et méchant. S'ils sont bons, c'est dans ce cas seulement que tous les projets de mariage en mai seront valables.

Au début d'avril doit avoir lieu un "reclassement" des Français de la division, à Berlin. Si je suis "reclassé", la vie est merveilleuse, tout va bien et je crois que ce sera une garantie suffisante. Si je ne suis pas "reclassé", la "main noire" aura eu, provisoirement, le dessus et je rentrerai à Paris en pleine forme, faire du scandale.

Je m'excuse d'abréger, mais la personne qui part piaffe comme un cheval de cirque et jure que je lui ferai manquer son train.

Deux mots sur notre vie ici. Claire a eu une mauvaise crise de foie, s'en remet, et se plaint amèrement de ce que je la persécute parce que j'essaye de l'empêcher de fumer et de se coucher tard. Le temps est merveilleux et je la fais se lever à 6 heures pour monter à cheval à 7 h 30 du matin, ce qui l'obligera tôt ou tard à se coucher tôt. L'après-midi, quand nous sommes tous les deux là et presque tous les

dimanches, nous partons faire des promenades à pied dans les bois.

J'ai énormément de travail et Claire en profite pour me tyranniser par des mines de veuve éplorée, sous prétexte que je ne m'occupe pas assez d'elle.

Je m'excuse encore de mon silence, je vous baise les mains, et je voudrais vous dire toute ma respectueuse et profonde affection.

Yvan »

Wia a écrit sa lettre d'une traite tandis que Claire debout derrière lui essaye de lire. Des phrases volées ici et là lui arrachent des commentaires que Wia n'écoute pas tant le temps presse. Le jeune officier, sa valise à la main, est déjà sur le palier.

— Deux secondes, j'ai fini ! crie Wia à son intention.

Mais au moment où il glisse la lettre enfin terminée dans l'enveloppe, Claire s'en saisit et d'une petite écriture rageuse rajoute à côté de la date : « Beaucoup plus furieuse que bouleversée. Grâce au ciel, je ne vous écrirai que demain. Je vous embrasse tout de même. Claire. » Puis elle court derrière le messager, le rattrape dans l'escalier et remonte dans le bureau de Wia.

— Tu es beaucoup trop gentil avec elle, tu

prends des gants, tu l'encourages à faire la bête, à ne rien comprendre, à...

Claire est si énervée qu'elle ne trouve plus ses mots. Elle se laisse tomber sur une chaise, allume une cigarette, fixe Wia de ses yeux sombres et furieux. Lui, surpris par la violence de son attitude, ne sait pas quoi répondre. Pour se donner une contenance, il ouvre un des nombreux dossiers qui encombrent son bureau.

— Je suis poli avec ta mère, c'est tout, dit-il d'un ton neutre.

— Elle ne le mérite pas !

Cette exclamation a des accents de révolte si adolescente que Wia sent monter en lui une formidable envie de rire. Les yeux toujours baissés sur le dossier, il n'en laisse rien paraître tandis que Claire poursuit d'un ton boudeur :

— Non seulement maman m'écrit trois pages de reproches sur le fait que nous ne lui donnons pas assez de nouvelles, non seulement elle continue à ignorer mon travail et semble considérer que je passe de trop longues vacances à Berlin, mais en plus, elle glisse dans ce fatras une phrase ambiguë. Quand elle dit : « J'ai reçu la visite de Léon de Rosen » et qu'elle se contente d'un vague « ça n'a pas bien marché », de quoi parle-t-elle ? De la visite qu'a faite Rosen au ministère juste avant elle ? De sa conversation avec Rosen ? Il n'est pas à son goût ? Quant au P.-S., c'est le bouquet ! Terminer une lettre pareille par un laconique « Si le mariage a lieu nous préférerions, ton père et moi, qu'il ait lieu à Paris », alors qu'elle sait que notre voyage de noces se fera en Allemagne, qu'elle sait à quel point nous tenons tous les deux à Berlin, c'est..., c'est...

— ... Invraisemblable !

— Tu me l'enlèves de la bouche.

La tirade de Claire a tellement diverti Wia qu'il ne peut plus se retenir de rire. D'abord vexée, Claire se reprend et va s'asseoir sur ses genoux.

— N'empêche, dit-elle fièrement. Je n'ai pas signé par l'habituel « votre petite Claire », mais Claire tout court. Je crois que c'est la première fois...

La soirée est bien avancée quand Claire et Wia sortent le chien Kitz. Malgré l'obscurité, quelques passants traînent encore dans les rues. Des soldats alliés pour la plupart, mais aussi des Berlinoises et des Berlinois. La ville en ruine, à l'approche du printemps, semble se réveiller d'un long sommeil.

Claire et Wia marchent lentement, serrés l'un contre l'autre. Ils sont fatigués des tensions accumulées durant la journée mais heureux et enfin apaisés. Rosen a téléphoné : le dossier de la Cagoule est clos, Wia définitivement innocenté. Une fête est prévue pour célébrer cette victoire et les talents du négociateur.

— N'empêche, dit Claire, il a failli nous brouiller avec maman... Si c'est lui qui est chargé de plaider pour notre mariage à Berlin, je crains le pire !

— Tu vois toujours tout en noir, mon chéri. Mais je te préviens : je veux une épouse optimiste et sans migraines.

Lettre de Claire :

« Samedi 27 avril 1946
Chère petite maman,
Enfin un mot de vous. Je commençais vraiment à croire que vous aviez complètement oublié votre petite fille.

Si je ne vous ai pas écrit c'est que je n'ai eu jusqu'à ce matin presque pas une minute.

Belle semaine sainte assez pieuse : pas de cigarettes ni de bonnes choses les mercredi et vendredi saints. Je tournais en rond, complètement folle. Le jeudi saint, nous nous sommes toutes confessées. Le vendredi nous avons eu un très beau sermon et le jour de Pâques une magnifique messe à 11 heures où presque tout le 96 a communié.

Dans la nuit du samedi au dimanche nous avons tous été à la messe de minuit orthodoxe. C'était très émouvant car dans cette petite église russe on retrouvait mêlés aux Allemands orthodoxes, les uniformes américains, anglais, français et même des Russes de l'Armée rouge. Et c'était bien les mêmes visages et les mêmes voix sous des uniformes différents. À côté de moi, une jeune Allemande pleurait en chantant le "Christ est ressuscité" et j'étais moi-même au bord des larmes.

Le mardi matin, je partais en mission à 9 heures et rentrais à 2 heures de la nuit. J'ai conduit tout le temps et étais un peu fatiguée mais contente car mon ambulance était pleine de gens heureux de rentrer.

Dîner avec les Russes, naturellement, et grande victoire personnelle car ce sont les Russes qui m'ont défendu de boire. Générale-ment ils n'ont de cesse de vous faire avaler vodka sur vodka.

Mais cette fois ci, j'ai réussi à changer mon verre plein contre un verre vide et je l'ai bu d'un coup et j'ai fait toutes les grimaces qu'un tel exploit exige. Puis sous les yeux admiratifs des Russes, j'en ai redemandé d'autres. Mais celui que j'avais dans mon ambulance s'y est refusé catégoriquement tant il avait peur que je le mette dans le fossé.

Jeudi nous sommes parties à six ambulances et un camion pour aller chercher 208 Alsaciens, Belges et Hollandais à Francfort-sur-l'Oder que les Russes après mille demandes voulaient enfin nous donner. Imaginez la figure de tous ces types à notre arrivée. Tous ces garçons n'avaient pu envoyer de nouvelles à leurs parents depuis deux ou trois ans et affirment qu'il y a encore beaucoup d'Alsaciens chez les Russes. Retour triomphal pour tous, sauf pour moi qui commençais une crise de foie. Inutile de vous parler de la nuit qui suivit et de la journée du lendemain.

Aujourd'hui je vais très bien et je vous écris à toute vitesse car quelqu'un prend l'avion tout à l'heure.

Tout va très bien entre Wia et moi. Nous sommes tous les deux un peu tristes de ne pas nous marier le 5 du mois de mai. Wia a été un jour à Paris pour son affaire. On a reconnu qu'on s'était trompé sur le personnage et que ce n'était pas lui qui avait trafiqué avec les Allemands et qu'on n'avait ressorti l'affaire de la Cagoule que pour ça. En plus, la nouvelle citation de Wia fit grand effet et Wia partit avec l'assurance que tout était réglé. Mais on aura confirmation que si son contrat est renouvelé, ce qui doit se faire très bientôt.

Je suis contente que votre séjour à Malagar se soit bien passé. Papa doit être tout bruni et plus jeune que jamais.

À bientôt maman, je vous embrasse tous très fort et vous écrirai très bientôt. Excusez cette lettre, mais j'ai si peu de temps. Il fait un temps magnifique. Je vous embrasse tous comme je vous aime. »

Comme Claire, Mistou et Rolanne ont été désignées pour une mission nocturne, elles ont la journée pour elles et décident de se promener dans Berlin sans escorte masculine. La vie quotidienne s'améliore, les consignes de sécurité sont devenues moins strictes mais elles doivent rester ensemble, veiller les unes sur les autres. C'est la deuxième fois qu'elles sortent en tailleur, la chaleur de cette fin du mois d'avril leur donne le sentiment d'être en vacances. Elles se sentent jeunes, belles et respectées de tous. En quelques mois, les soldats des différentes forces alliées ont appris à apprécier à la fois leur charme et leur travail. La Croix-Rouge française jouit d'un prestige jusque-là inégalé, elles le savent et avancent fièrement, heureuses de porter si bien l'uniforme.

Des trois jeunes femmes, c'est Mistou la plus rayonnante. Elle adresse à n'importe qui un sourire éclatant, pour plaire, pour être aimable, elle ne le sait pas elle-même. Mais elle s'amuse des sifflements admiratifs des soldats américains et les remercie d'un clin d'œil faussement coquin. Ses amies rient avec elle sans éprouver la moindre jalousie.

Les ruines de Berlin prennent un autre relief en plein soleil. La ville expose maintenant au grand jour ses plaies, la maigreur et la pauvreté de ses habitants. C'est un spectacle cruel mais d'une étrange grandeur. Entre deux immeubles effondrés, au fond d'une cour oubliée, poussent des crocus et des buissons de lilas. Leur parfum embaume, efface un court instant les terribles odeurs d'égouts et de mort.

Impressionnées par ce qu'elles découvrent, les trois jeunes femmes ont peu à peu cessé leurs bavardages. À un carrefour, elles croisent Hilde, leur interprète du début, qui travaille encore avec elles. Si elle parle parfois avec Rolanne, elle demeure très réservée sur ses conditions de vie. Un bref signe de tête en guise de salut, Hilde accélère le pas et disparaît au coin d'une rue. « Dommage, regrette Rolanne. J'aurais tant aimé l'inviter à se joindre à nous. »

De retour à l'appartement, Claire aperçoit une lettre qui lui est destinée, posée bien en évidence sur la table de la cuisine. Elle reconnaît aussitôt l'écriture de Rosen et ouvre l'enveloppe avec appréhension. Puis, elle lit et relit le feuillet tapé à la machine comme si elle ne parvenait pas à se faire une opinion.

— C'est Rosen qui écrit à mes parents à propos de notre mariage, dit-elle enfin. C'est intitulé : « Différents aspects du problème mariage. » C'est sympathique, verbeux, maniaque et peut-être utile, je ne sais pas.

Mistou dépose devant elle une tasse de thé, s'installe à ses côtés et avec une amicale autorité :

— Lis-nous cette lettre, on te dira.

Après quelques hésitations, Claire se décide.

— Des extraits, alors, car c'est très long. Je passe sur le début où il rappelle « qu'à partir du 1er avril a lieu la transformation des cadres de Berlin en effectifs fixes ». En clair ça veut dire que, dans le meilleur des cas, Wia devient fonctionnaire, job assuré, avenir plus souriant, gendre plus acceptable, etc. Ensuite, il explique que le mariage doit avoir lieu le plus tôt possible, souligné, je lis : « Raison sentimentale : n'intéresse évidemment que Wia et Claire, qui seraient cependant reconnaissants qu'on la prenne en considération. Raison théorique (pour mémoire, sans importance) : fiançailles déjà assez longues, beaucoup de gens au courant, inutile de faire jaser les gens. Raison pratique d'importance primordiale : Juin est le mois de présidence française et il serait difficile, sinon impossible à Wia, d'être absent en juin. Il faudrait donc qu'il ait lieu soit avant le 15 mai, soit fin juin. » Mais le plus intéressant arrive sur le choix du lieu de notre mariage. Je reprends : « Berlin, avantages positifs : 1) Ambiance sympathique, rien que des amis à Berlin, qui tous seraient incapables de venir à Paris et très déçus (nombreux alliés). 2) Simplification à l'extrême de tous les préparatifs, etc. Toute la division y participera. 3) Économie considérable. 4) Propagande française vis-à-vis des Alliés. Venue de Monsieur François Mauriac à Berlin. Possibilité qu'il y fasse une conférence. Paris, avantages positifs : Possibilité de rassembler l'arrière-ban des familles. Avantage discutable du point de vue de Claire et Wia, mais probablement réel du point de vue des parents. Paris, avantages « passifs » : 1) Déception réelle de Claire et Wia. 2) Absence de presque tous les amis, français ou alliés. 3) Nécessité plus ou moins primordiale de faire un « grand mariage », ce qui est : rasant, coûteux, compliqué, source de vexations (gens qu'on oublie), « publicité » fatale, que Monsieur François Mauriac semble craindre à la suite de « l'histoire ». 4) Absence de voitures. 5) Préparatifs nombreux et compliqués. 6) Complication du point de vue du choix de l'église. L'idéal serait soit mariage dans les deux églises, soit mariage catholique, rite oriental. Les deux semblent plus difficiles à réaliser à Paris. 7) Complications vestimentaires (surtout pour Wia). Ceci dit, il n'est naturellement pas question de passer outre un veto des parents pour Berlin, mais simplement de leur exposer combien Claire et Wia préféreraient un mariage à Berlin. » Alors, les filles, vous pensez quoi ?

Rolanne hoche la tête, ébauche un sourire rêveur. Comme toujours, elle prend la question au sérieux, se réserve un temps de réflexion. Mistou, plus rapide, se compose un air grave et d'une étrange voix masculine qui se voudrait cassée :

— Votre plaidoirie, monsieur de Rosen, nous a convaincus, ma femme et moi. Notre fille épousera Yvan comme elle le souhaite, à Berlin. Je suis par ailleurs très curieux de rencontrer l'escadron de charme de la Croix-Rouge française, si sexy...

Elle ne peut aller plus loin dans son imitation

de François Mauriac et éclate de rire suivie de Claire et de Rolanne.

— Je vous dérange ?

Les trois amies n'ont pas vu apparaître Olga qui se tient discrètement dans l'embrasure de la porte. Elle est rentrée la veille d'un séjour à Paris où elle était allée fêter Pâques dans sa famille. Elle tend en direction de Claire un minuscule paquet rose ficelé d'un ruban violet.

— Pour vous, dit-elle. De la part de la princesse Wiazemsky.

Comme mues par une soudaine nécessité qui les appellerait ailleurs, Rolanne et Mistou se lèvent et quittent la cuisine. Olga tire une chaise, s'assoit près de Claire, les yeux brillants d'impatience. Claire a ouvert le paquet et fait maintenant rouler dans sa main un petit œuf en or.

— Chez nous, on a coutume d'offrir un bijou en forme d'œuf pour célébrer les fêtes de Pâques. Le vôtre est modeste puisqu'il n'a pas de pierres précieuses incrustées mais simplement une croix cyrillique peinte à la main, mais c'est tout de même un Fabergé. Les femmes les rajoutent chaque année à la même chaîne. J'ignore combien en possède votre future belle-mère, mais je parie qu'elle a retiré celui-là de sa collection pour vous en faire cadeau. Une manière délicate de vous introduire dans nos coutumes. Je sais que vous portez une médaille de la Vierge autour du cou. Voulez-vous y rajouter ce petit œuf ? Je vais vous aider... Wia sera si content.

Olga retire la chaîne, ajoute le petit œuf doré, rattache le tout au cou de Claire. Celle-ci la laisse faire, sans un mot, sans un geste, sans manifester la moindre émotion. Cette absence de réaction surprend, puis inquiète Olga.

— Quelque chose ne va pas ?

— Je crois que c'est vous qui devriez épouser Wia, pas moi.

— Oh, Claire ! Comment pouvez-vous dire de pareilles sottises ?

— C'est la vérité. Vous partagez la même langue, la même culture, la même histoire. Wia et moi sommes sur deux planètes différentes...

Claire fixe Olga d'un air provocant. Elle voit la rougeur envahir son visage, la détresse de son regard. Elle pense sincèrement ce qu'elle vient de dire même si elle sait qu'elle n'exprime, peut-être, qu'une pensée passagère et sans importance. Elle sait aussi qu'elle est injuste car elle croit avoir deviné un secret : Olga est en train de tomber amoureuse de Léon de Rosen. « En plus, elle l'ignore », pense-t-elle soudain lasse. Mais Olga s'est reprise et c'est, debout devant Claire, avec une fiévreuse conviction, qu'elle met fin au silence.

— J'ai rencontré Sophie Wiazemsky à la messe de Pâques, rue Daru. Nous avons bavardé, elle m'a raconté la visite surprise et en quelles circonstances vous vous êtes rencontrées.

Claire, à l'écoute de ces paroles, ne songe pas à dissimuler sa surprise. Elle veut parler, mais Olga l'en empêche.

— Wia qui est intelligent s'est comporté là comme un sot, un absurde sot, son amour pour vous le rend aveugle à une certaine réalité. Prévenus à l'avance, ils vous auraient magnifiquement accueillie. Néanmoins...

Olga cherche ses mots. Elle voit le regard attentif de Claire et ce regard lui demande de poursuivre.

— ... néanmoins, il reste que ses parents sortent de quatre années de guerre et de privations, qu'ils sont pauvres et que ce sont pour toujours des déracinés. Voilà, ce qu'il faut que vous sachiez.

Claire s'est levée. Les deux femmes se font face, conscientes de l'importance de ce qui vient de se dire, de la qualité de leur amitié.

— Merci, murmure Claire. Et si on se tutoyait ?

Le vendredi 5 juillet 1946, à onze heures et demie, Claire monte les marches de l'église Notre-Dame-d'Auteuil au bras de son père. Son sourire un peu crispé tente de masquer une douloureuse migraine. Elle n'entend pas les commentaires flatteurs des habitants du quartier, elle ne sait pas à quel point elle est jolie, si brune et si pâle, dans sa robe blanche. Elle est aussi en colère. Une colère qu'elle partage avec son père, Wia, leurs deux familles et leurs amis.

Parce que Wia est de religion orthodoxe, l'église catholique a refusé de célébrer le mariage. Malgré l'intervention de François Mauriac, malgré sa notoriété, le jeune couple n'a droit qu'à une bénédiction. Pas dans la nef de l'église mais à la sacristie, presque à la sauvette. François Mauriac est mécontent, son visage fermé montre à tous à quel point il réprouve l'attitude, selon lui, trop stricte de son Église.

La cérémonie ne dure pas longtemps. Claire se tourne souvent vers sa mère comme pour s'assurer encore et encore de son soutien. Elle lui est très reconnaissante de l'avoir aidée à préparer cette journée qu'elle redoutait tant. Elle a pardonné son refus du mariage à Berlin où tout aurait été plus simple. Elle aime sa mère d'un amour immense et ce jour-là, dans cette sacristie, d'un amour de petite fille. Pour peu, elle pleurerait d'avoir à la quitter. Elle a déjà sangloté convulsivement dans ses bras, le matin, avant de revêtir la robe blanche. Sa mère a su trouver la tendresse, les mots pour la convaincre de faire *bella figura* selon son expression favorite. « Mais comment faire *bella figura* avec la migraine ? » pense Claire, désespérée. Elle entend Wia qui fulmine à son oreille : « On nous marie dans un placard à balais ! »

Mais heureusement, à la sortie, l'atmosphère est tout autre.

Vêtues de leur uniforme, les filles du 96 Kurfürstendamm font une haie d'honneur au jeune couple. Leur joie et leur émotion communiquent enfin quelque chose de vraiment heureux à la cérémonie. D'autres amis qui ont pu quitter Berlin sont massés au bas des marches et applaudissent à tout rompre. Ce sont les officiers français de la Division des personnes déplacées, regroupés autour de leur chef, Léon de Rosen qui ne parvient plus à dissimuler sa fierté. « Ce mariage, c'est mon œuvre ! » répète-t-il à qui veut l'entendre. Claire et Wia, sous une pluie de grains de riz, posent pour les photographes venus nombreux. Contrairement à ce qu'ils ont toujours souhaité, « le mariage de la fille de François Mauriac et d'un authentique prince russe » fait figure d'événement mondain.

Une deuxième cérémonie a lieu plus tard à la cathédrale orthodoxe russe Saint-Alexandre-Nevsky de la rue Daru. La famille de Claire découvre la liturgie orthodoxe, ses chants, ses prières. Furtivement, ils observent la haute et grande coupole, l'iconostase, les fresques peintes, les nombreuses icônes. Les multiples bougies et cierges nimbent tous les visages d'une douceur qui efface les dernières traces de la guerre, les rides des plus âgés. Claire sent enfin sa migraine s'éloigner et un début d'allégresse l'envahir. La beauté et la ferveur de cet office religieux effacent la mesquinerie du premier. Quelques regards à ses parents ont achevé de la rassurer : ils semblent heureux de marier leur fille dans cette église et selon ce rituel.

Plus tard, sur les marches et dans les allées du jardin entourant la cathédrale, les familles et les amis font plus ample connaissance. On y parle russe, français, anglais avec une sincère bonne volonté, un désir unanime de gentillesse. Les filles de la Croix-Rouge remportent un franc succès. Leur gaieté, leurs liens si forts avec les jeunes mariés, impressionnent ceux qui les rencontrent pour la première fois. Elles vont d'un groupe à l'autre s'assurant que personne n'est à l'écart ou esseulé. Parfois Mistou ou

Rolanne s'échappent pour aller embrasser Claire. « Ça fraternise partout ! » murmure l'une. « Quel mariage merveilleux ! » ajoute l'autre. Plumette en tant que chef de section a l'œil sur tout. « Ça a de la gueule, approuve-t-elle, ça a de la gueule ! » Il fait beau, chaud, les lilas embaument et les Français, devant la cathédrale Saint-Alexandre-Nevsky, se croient pour un moment en Russie. Une Russie pacifique, loin de l'actuelle U.R.S.S. qui menace à nouveau l'équilibre du monde, dit-on de plus en plus souvent.

Tout en écoutant les bavardages d'un ex-colonel de l'Armée blanche, Olga observe à la dérobée les parents de Claire qui devisent avec les parents de Wia. Elle est frappée par ce qui différencie les deux couples, par l'élégance de François Mauriac et de son épouse, les tenues de mauvaise confection des deux autres. C'est surtout visible chez les femmes. La mère de Claire porte une capeline en paille de riz et une longue robe grise en soie qui met en valeur sa minceur, la finesse des traits de son visage. La mère de Wia est boudinée dans une robe bleue usée et elle porte, malgré la chaleur estivale de cette journée de juillet, un vilain chapeau sombre et un vieux renard autour du cou. « Pauvre chère princesse Sophie, elle ne sait plus comment s'habiller, comment se comporter », pense Olga. Et une immense tristesse l'envahit.

Lettre de Claire :

« Berlin, 12 juillet
Chère adorable petite maman,
Je ne vous ai pas écrit plus tôt car l'avion ne part que demain matin.

Le voyage s'est très bien passé. Nous avons éclaté à 115 et l'auto n'a presque pas bougé. Nous avions décapoté la voiture dès la rue Raynouard. Vous imaginez nos figures à l'arrivée à Berlin : cuites, rouges, etc.

Grâce au ciel nous avons trouvé notre chambre arrangée dans mon ancienne chambre, au 96. Vous imaginez ma joie de ne pas avoir à courir à l'autre bout de Berlin.

J'ai été accueillie par des fleurs et des fleurs. Vous ne pouvez imaginer combien tout le monde est gentil avec moi.

Ce soir, grande réception. J'avoue que cela ne m'amuse pas. Je vais être obligée de rester à l'entrée avec Rosen pour recevoir les gens. Drôle de travail !

Je pars en principe demain vers les 2 heures avec Wia.

Ma santé n'est pas mauvaise si ce n'est la migraine qui va et vient sans savoir ni comment ni pourquoi.

Wia est un amour et je n'ai pas encore envie de divorcer.

Ma maman adorée je vous quitte en vous embrassant de toutes mes forces. Je vous adore, surtout n'oubliez pas que je vous adore plus que tout au monde.

Je suis tellement heureuse d'être votre fille. Je tâcherai d'être digne de vous.

Ma maman, je vous embrasse encore des millions de fois.

13 juillet

On s'est couchés à 4 heures. Ç'a été assez formidable. Tous les généraux de tous les pays étaient là. Les gens ont beaucoup bu et étaient contents. Nous partons à 2 heures. Je vous adore. »

Claire et Wia n'ont guère dormi, leurs valises restent à faire et la plus grande pagaille règne dans l'ancienne chambre des cocottes que Mistou a quittée. Dans la salle de bains attenante, Wia fait sa toilette en sifflant *L'Internationale*, apprise auprès de ses camarades soviétiques. Il a été le premier debout — alors que Claire ne pouvait se résoudre à quitter le lit —, immédiatement de bonne humeur, pressé de

partir, pressé de vivre. « C'est invraisemblable, un caractère pareil », pense Claire. Elle
continue de s'étonner d'être mariée à cet
homme-là, ce « Russe », ce « martien », comme
elle l'appelle. Cela la rend rêveuse. Elle caresse
distraitement le chien Kitz qui sommeille à ses
pieds, allume la première cigarette de la
journée, la meilleure.

— Tu fûmes trop et trop tôt.

Wia est sorti de la salle de bains. Il a les cheveux propres et bien coiffés, il s'est rasé de frais,
il sent bon l'eau de toilette à la lavande. Un
coup d'œil à la fenêtre, au ciel uniformément
bleu, et il se retourne avec une expression
triomphante vers Claire :

— Quel temps magnifique !

— C'est invraisemblable d'être aussi heureux dès le réveil !

— Je suis heureux parce que je t'aime, parce
que tu es ma femme et parce que nous partons
en voyage de noces.

Sous le soleil de juillet, Claire et Wia découvrent une Allemagne où la nature a repris le
dessus. Les feuilles repoussent sur ce qu'ils ima-
ginaient des arbres à jamais calcinés, les prairies
sont grasses et vertes, les champs de blés à nouveau cultivés. Des fleurs en abondance ornent
tous les balcons des plus petits villages. Souvent
conduite par Claire, la voiture décapotable
louée par leurs amis file au gré des désirs du
jeune couple. Quelques étapes prévues mais

aussi beaucoup de visites et de promenades improvisées leur donnent le sentiment de renouer avec les vacances d'avant la guerre. Ils se baignent dans les lacs et les rivières, escaladent les collines, recherchent la fraîcheur des sous-bois. « L'Allemagne possède les plus belles forêts du monde », aime à dire Claire. Wia la photographie en short, en maillot, en robe d'été. Il veut fixer pour toujours ces moments de bonheur.

Le 17 juillet, ils sont à Berchtesgaden et Claire, du balcon de leur hôtel, prend plusieurs photos du nid d'aigle d'Hitler.

Deux jours après, ils sont hébergés dans la maison d'une Allemande, veuve, sans enfants, qui avait cessé de soutenir le régime nazi dès la mort de son mari sur le front russe. Elle met à leur disposition une confortable chambre et un canoë car sa maison se trouve au bord d'un grand lac où se reflètent les collines. Elle cuisine pour eux des plats dont ils se souviendront longtemps : ce sont les premiers légumes frais qu'ils mangent. Elle les cultive en secret, dans un coin de son jardin. Il y a enfin une chienne skye-terrier qui a mis au monde une portée de six chiots âgés de trois mois.

Allongés dans la prairie à l'ombre des branches d'un sapin centenaire, Claire et Wia évoquent les amis de Berlin et leur désir de les retrouver bientôt. Dans cette nature somptueuse, ils ont oublié les quatre années de guerre, les menaces d'un nouveau conflit entre l'Amérique et la Russie soviétique. Il leur semble qu'ils réapprennent à vivre.

— Quand nous serons de retour, nous devrions repartir quelques jours avec les filles. Il n'y a pas de raison qu'elles n'aient pas un peu de vacances, elles aussi, propose Wia.

— Bonne idée. En septembre, pour profiter de l'arrière-saison ? On irait où ?

D'énumérer tous les endroits possibles leur procure une merveilleuse impression de liberté.

Le matin de leur départ, leur hôtesse leur offre un des chiots de la portée, celui que Wia semblait préférer à tous les autres. Et avant qu'ils ne protestent et dans un allemand simple pour que Claire comprenne :

— Un cadeau de mariage pour vous et pour célébrer la paix entre nos deux pays. Un engagement sur l'avenir...

Quelques jours encore à la station de sports d'hiver de Kitzbühel, puis ce sont les villes de Salzbourg et de Munich où Claire fait la connaissance de Missie, la cousine germaine de Wia, et de Peter, son mari américain. Les deux couples sympathisent et se promettent de se voir plus souvent. Le chiot les accompagne partout, Wia a décidé qu'il s'appelle Vicouny et qu'il est désormais leur porte-bonheur.

Lettre de Claire :

« Berlin, 9 octobre 1946
Chère maman,
Pourquoi ne m'écrivez-vous jamais? J'ai vraiment l'impression que vous m'avez tous complètement oubliée. Êtes-vous toujours à Malagar? La vendange a-t-elle été belle? Que fait papa? Etc., etc.

J'ai l'intention d'aller à Paris vers la fin de ce mois-ci. Est-ce que vous voudrez bien de moi? Vous ne pouvez savoir à quel point je serais heureuse de vous revoir tous. J'ai l'impression de vous avoir quittés depuis des années et des années et je trouve cela long.

Ici, la vie ne varie pas beaucoup. Après une période détestable, le ciel est de nouveau beau, mais il fait froid et nous sommes chauffés depuis hier.

Rosen est toujours en Amérique et la maison est assez triste et silencieuse. Wia travaille toujours beaucoup, d'autant plus que c'est le mois de la France. Ma santé n'est pas mauvaise. J'ai eu l'autre jour une assez grosse crise de foie, mais il faut dire que je l'avais méritée. »

Là, Claire s'interrompt. Peut-elle raconter dans le détail à sa mère le pourquoi de cette crise de foie ?

Elle et Wia, très aimés des différents groupes alliés, avaient été invités à dîner chez les Anglais. Claire, tout d'abord, s'y était refusée car elle prétend depuis toujours ne pas aimer les Anglais, responsables d'avoir « brûlé Jeanne d'Arc et empoisonné Napoléon ». Puis elle avait changé d'avis : elle avait un grief de plus à l'égard de leur pays sur lequel elle souhaitait s'expliquer.

Seule femme d'une tablée d'hommes, elle n'avait pas eu peur de citer le discours de Churchill, prononcé en mars 1946, dans une université américaine, discours durant lequel Churchill avait employé la formule désormais célèbre de « rideau de fer ». Le silence surpris qui avait suivi ses paroles, avait intimidé Claire. Mais le regard confiant de Wia l'avait encouragée à poursuivre et, après avoir avalé coup sur coup deux whiskies, elle s'était levée. Pour tous ces hommes restés assis, elle avait repris son raisonnement.

Selon Claire, Churchill, en parlant de l'alliance anglo-américaine nécessaire pour lutter contre le communisme en Europe, avait volontairement exclu la France. C'était humiliant, injuste. C'était oublier l'appel du 18 juin du général de Gaulle, l'armée des ombres, les mouvements de résistance... Applaudie par les Anglais, Claire n'avait pu terminer son discours et s'était rassise. « Je suis fière de toi », lui avait glissé Wia à l'oreille tandis qu'un général s'était levé à son tour pour porter dans un français très approximatif un toast à « la *fitness* de la jolie Française, épouse *of my dearest* Wia ».

Que s'était-il passé ensuite ? Claire se souvient mal. Grisée par son succès, par l'ambiance de plus en plus chaleureuse de la tablée, elle avait, elle aussi, porté des toasts à la fraternisation anglo-française. Elle n'avait pas, comme avec les Russes, fait semblant de boire, elle avait bu. Beaucoup moins que tous les hommes, bien sûr, mais suffisamment pour se retrouver ivre morte, debout sur la table en train de trinquer à Trafalgar, cette éclatante victoire de la flotte anglaise commandée par Nelson sur la flotte franco-espagnole.

Trois jours se sont écoulés depuis cette soirée. « Mon Dieu, pense Claire, quelle honte, quelle honte... » Heureusement, Wia s'était montré compréhensif et même, songe-t-elle aujourd'hui, chevaleresque : « Ne t'inquiète pas, lui avait-il dit le lendemain matin quand elle s'était enfin réveillée. Nous étions tous mille fois plus soûls que toi et nous avons tout oublié. Mais il faut me promettre que désormais tu seras prudente et plus sobre. »

Non, Claire ne doit pas raconter cet épisode

à sa famille. Quelques caresses à ses deux chiens qui ont été malades eux aussi et qui dorment à ses pieds, un verre d'eau et une cigarette, elle peut reprendre sa lettre. Elle aime le calme et la chaleur de la chambre quand elle s'y trouve seule, sans Wia, comme auparavant sans Mistou.

« Je suis toujours assez fatiguée. J'ai surtout de plus en plus la nostalgie du Midi et même de Malagar. Le manque d'odeurs (je ne parle pas de celles des cadavres) ici me fait presque pleurer de tristesse. Je rêve pendant des heures sur la brume, le soleil, l'odeur des feux d'herbes, etc., du mois de septembre à Malagar. Quand je pense que la vie est si courte et que l'on ne vit même pas là où l'on aimerait être, enfin.

Je me suis achetée hier un ravissant petit accordéon.

Nous avons été l'autre jour à un concert russe. Les chœurs étaient magnifiques, mais, à mon avis, les visages illuminés de joie de tous ces jeunes Russes étaient plus beaux encore.

J'ai mis l'autre soir votre robe du soir. Elle me va très bien et, malgré la couleur, c'était la plus belle. Il faut dire que les Anglaises et même les Américaines ont une drôle de façon de s'habiller. Elles sont immondes et on regrette l'époque où seul l'uniforme était permis.

Chère petite maman, je vous quitte en vous embrassant très tendrement malgré votre méchanceté.

À bientôt j'espère. »

6 heures.

Enfin une lettre, elle arrive juste maintenant. Elle m'a fait beaucoup de plaisir. Comme je vous envie d'être à Malagar, avec encore le bel été. J'ai la photo devant les yeux. Ce n'est pas les G. Duhamel, ni même Claude, ni même papa que je regarde sans arrêt avec une affreuse avidité, mais le mur blanc avec les ombres de ces larges feuilles que j'aime tant.

Maintenant parlons de moi puisque vous me le demandez. Je crois en effet que j'attends un enfant, mais je n'en suis du tout sûre ; c'est pour cela que je ne voulais pas vous en parler et je vous supplie de ne le dire à personne. Je commence mon deuxième mois sans règles. Si c'est cela, je ne suis pas à plaindre car si j'ai un petit fond continuel de mal au cœur, je n'ai jamais eu de véritables nausées. Je n'ai pas encore grossi, si ce n'est de la poitrine qui me paraît énorme et qui est assez douloureuse.

Je fais naturellement très attention. Aucun sport, de l'ambulance tous les 36 du mois quand il n'y a personne d'autre. Je suis tellement fatiguée que je me couche très tôt et me lève très, très tard.

C'est uniquement pour cela, comprenez-vous, que je n'ai pas osé aller à Malagar. J'avais peur du voyage. Si vous saviez pourtant combien j'en avais envie. C'est aussi pour cela que j'ai choisi la fin du mois pour aller à Paris, car il me semble que ce sera le moment de voir un médecin.

Ceci dit, cela m'étonne de ne pas avoir davantage mal au cœur et peut-être l'enfant n'est que dans mon imagination.

Je ne sais pas encore moi-même si je serai très contente. Pour le moment, je suis désespérée d'avoir un corps sans réaction devant la vie : plus envie de courir, plus envie de m'amuser. Mon corps ne sent plus la vie, sa vie propre, je ne le reconnais plus et j'ai l'impression qu'il est mort, dévoré par quelque chose d'inconnu qui, que je le veuille ou non, me prend tout. Et pour le moment, je suis jalouse de ce rien du tout qui va me déformer et je déteste à l'avance ces neuf mois où je me serai perdue pour peut-être ne jamais me retrouver.

Et puis brusquement, je vois un gosse et je suis folle de joie. Au fond, je manque d'imagination. Je ne peux pas donner une figure et une âme à ce que j'éprouve en ce moment.

Et puis, où le mettre, cet enfant ? Où serons-nous dans neuf mois ? Si j'avais une maison à moi, je la préparerais avec amour. Dans trois, quatre mois, lorsque je me traînerai tel un monstre, il me sera alors impossible de rester ici. Je ne me vois pas circulant dans les escaliers du 96 en uniforme et en gros ventre. Peut-être aurai-je moins de pudeur à cette époque, mais en ce moment l'idée seule manque de me faire faire une fausse couche. Où aller ?

Je ne pourrais pas non plus vous envahir avec toujours ce gros ventre devant moi, et puis surtout, il me faut un endroit où poser ce gros ventre quand il n'en pourra plus d'être gros. Alors, alors, il me faut à moi aussi un appartement. Je n'ai aucune idée des prix. J'aimerais tellement avoir un endroit à moi où l'attendre et où le mettre.

Fini pour ce soir. Je vous embrasse de toutes mes forces. Serez-vous contente d'avoir un petit-fils?

Embrassez très fort pour moi, papa, Claude, Jean et Luce.

À très bientôt ma maman.

P.-S. Je ne suis pas encore habituée à mon nouveau nom. Où est mon si adorable nom de Mauriac... »

À proximité du Kurfürstendamm, quelques salons de thé se sont ouverts qui tentent de donner aux clients une impression de luxe et de confort. Celui choisi par Wia se distingue par la cheminée où brûle en permanence un grand feu, des fenêtres avec des carreaux de couleurs et l'abondance des pâtisseries. Des jeunes et jolies Berlinoises en robe noire et tablier blanc assurent le service sous l'œil vigilant d'une femme plus âgée. Elles vont et viennent entre les tables, silencieuses, souriantes. Claire s'intéresse à elles et néglige un peu l'invitée de Wia, sa cousine préférée, Tatiana, qui a épousé le prince Paul de Metternich au début de la guerre.

C'est une grande et très belle femme, emmitouflée dans un luxueux manteau de fourrure qu'elle ne quitte pas malgré la chaleur de la pièce. Elle parle à toute vitesse, dans trois ou quatre langues, avec l'assurance d'une personne habituée à être écoutée et admirée. De temps en temps elle jette un rapide coup d'œil à Claire comme pour s'assurer de sa présence puis repart dans la description des travaux qu'elle souhaiterait entreprendre pour restaurer son château de Johannisberg.

— Parle en français, proteste Wia, tu sais bien que c'est la seule langue de Claire.

— Je disais que Johannisberg a été détruit par le bombardement d'août 1942. Les pompiers et les voisins se sont efforcés, en vain, d'éteindre le gigantesque incendie. Sur l'autre rive du Rhin, à Blingen, les populations s'étaient massées pour contempler cette tragédie. Beaucoup pleuraient car Johannisberg est l'orgueil de toute la province et, au-delà, un des joyaux de l'Allemagne.

Claire s'efforce d'afficher un sourire compatissant tandis que Wia demande des précisions sur les conditions de vie de sa cousine durant la guerre. Il se souvient avec reconnaissance qu'elle lui a rendu visite quand il était prisonnier. L'attention qu'il lui porte n'échappe pas à Claire et renforce l'agacement qu'elle a éprouvé d'emblée pour la cousine Tatiana. « Elle m'énerve avec son château, elle m'énerve », pense-t-elle en allumant une cigarette. Mais Tatiana l'a déjà oubliée et a repris la conversation en russe. Elle ponctue ses phrases de rires en cascade et joue avec son long collier de perles, ses bagues et ses bracelets.

— Je t'ai demandé de parler en français, répète Wia.

— C'est sans importance, s'empresse de dire Claire.

Cette rencontre l'ennuie de plus en plus. Elle se demande comment elle pourrait s'enfuir, laisser les deux cousins à leurs retrouvailles et à leurs souvenirs communs. Tatiana que cette réplique a brièvement fait taire contemple maintenant Claire avec une sorte de curiosité chagrine. Puis, sur un ton enjoué et mondain :

— Vous n'êtes pas vraiment cosmopolite, ma chère.

— Pas vraiment, non.

— Mais bien décidée à le devenir, je suppose ?

— Pas du tout.

Claire prend une expression d'enfant boudeur. Elle feint d'être passionnée par l'entrée de nouveaux clients, un couple constitué d'un officier américain et d'une jeune Allemande, très maigre et visiblement affamée. Tatiana émet quelques remarques sur les souffrances du peuple vaincu puis revient à Claire avec une bienveillance protectrice.

— En tant que princesse Wiazemsky, vous devez apprendre au moins trois langues. Le russe surtout est important car vous devrez le parler à vos futurs enfants. N'est-ce pas Jim ?

« En plus elle lui donne le surnom qu'il portait avant la guerre et qui m'exclut de leur monde », pense Claire qui tarde à répondre.

C'est Wia qui le fait à sa place.

— Claire a décidé d'apprendre le russe. Elle s'y met cette semaine.

Tatiana adresse au jeune couple un sourire

heureux, commence une phrase en allemand, s'excuse, la reprend en anglais et pouffe de rire.

— Pardon ma chère, pardon, mais c'est si habituel pour nous de passer couramment d'une langue à l'autre... Au fait, je suppose que vous êtes fière de devenir princesse et très décidée à faire honneur à votre rang. Je me trompe?

— Claire se fiche complètement de devenir princesse.

La bonne humeur avec laquelle Wia a répondu désarçonne Tatiana. Pour reprendre un peu de sa formidable assurance elle a sorti de son sac un poudrier, un bâton de rouge à lèvres. Claire la regarde faire, l'air mauvais car elle croit avoir deviné les pensées de la cousine de son mari. « Elle me soupçonne d'être une petite-bourgeoise qui a mis le grappin sur un noble. » Elle hésite entre se lever et quitter le salon de thé sans un mot, se moquer de Tatiana ou renverser exprès sur son manteau de fourrure le contenu de sa tasse de thé. Mais elle surprend le regard confiant de Wia et renonce à ses projets.

Tatiana a fini de se remaquiller. Si les propos de Wia et de Claire l'ont choquée, elle n'en laisse rien paraître.

— Claire est la fille d'un écrivain célèbre, François Mauriac, commence Wia avec fierté.

Tatiana ne le laisse pas poursuivre et se tourne vers Claire.

— Savez-vous que chez nous aussi on écrit?

Ma mère met la dernière main à ses Mémoires, ma sœur Missie a tenu un journal remarquable jusqu'à son mariage et moi je compte aussi plus tard écrire mes Mémoires. Et je ne vous parle même pas des lettres que nous échangeons entre nous et qui sont très amusantes !

Le soir, au dîner, Claire divertit beaucoup ses amies en imitant les manières de sa cousine par alliance. Elle n'a pas oublié le sentiment d'humiliation qu'elle a éprouvé durant la rencontre au salon de thé, et sait déjà qu'elle ne l'oubliera jamais. Tant pis si Wia s'en trouve peiné.

— Il ira tout seul la voir dans son château, cette prétentieuse donneuse de leçons !

Claire a posé machinalement ses mains sur son ventre. Ses amies qui ignorent son état préparent le programme de travail des prochains jours. Et tout à coup, sans l'avoir prévu, Claire se lance :

— J'ai quelque chose à vous dire, les filles : c'est invraisemblable mais je suis enceinte !

Lettre de Claire :

« 18 octobre 1946

Cher papa et chère maman,

Un avion doit partir d'ici quelque temps. Aussi, je m'empresse de vous écrire quelques lignes simplement pour vous dire que j'ai maintenant la certitude et que si tout va bien, je vous donnerai un petit-fils dans sept mois.

Maintenant que je sais, je suis presque folle de joie et ne pense plus à mon gros ventre futur.

Si c'est un garçon, il s'appellera François et j'espère, cher papa, que vous voudrez bien être son parrain.

Voilà, comme il faut que je me dépêche, je ne vous en dirai pas plus aujourd'hui, si ce n'est que Wia est aussi content que moi.

Je vous embrasse tous les deux de toutes mes forces.

À très bientôt. »

La chambre que Claire partage maintenant avec Wia ne s'appelle plus la chambre des cocottes mais « la chambre des jeunes mariés ». Des photos de leur voyage de noces glissées dans les coins du miroir ou épinglées sur le mur attendent un prochain encadrement. Aucun vêtement ne traîne plus sur les meubles, Wia est très ordonné. « Et il cire lui-même ses bottes tous les jours ! » répète souvent Claire avec admiration.

Dans deux semaines, elle doit se rendre à Paris pour des examens médicaux complémentaires, voir sa famille, se reposer. Si elle se sent chez elle à Berlin, sa famille lui manque souvent. Elle a besoin de retrouver son père et sa mère ; de savoir ce que font ses frères ; d'interroger sa sœur sur les aléas de la grossesse : Luce, déjà mère de deux petites filles, est à nouveau enceinte. Claire est certaine que, comme pour elle, ce sera un garçon. « Ils naîtront à deux mois de distance », calcule Claire. Et durant un long moment, elle rêve à ces deux cousins qui se retrouveront lors des vacances d'été à Malagar, qui grandiront ensemble et que la vie jamais ne séparera.

Lettres de Claire :

« Berlin, 2 décembre 1946
Chère maman,
Un tout petit mot simplement pour vous dire que nous avons fait bon voyage malgré les six heures de retard et une grosse migraine qui a duré vingt-quatre heures. J'ai aussi cassé mon pot de crème ce qui est très ennuyeux.

Berlin est exactement comme je l'ai laissé. J'ai retrouvé mes deux chiens avec grand plaisir, mais Kitz tousse toujours.

Je rentre juste d'un grand déjeuner donné par les Américains du directoire de Wia en l'honneur d'une vieille fête où l'on mange de l'oie. Elle était aussi mauvaise que possible. (Essayez d'imaginer ce que peut donner une oie cuite par les Américains !) On était quinze à table : tous les Français, Américains, Anglais et Russes du directoire.

C'est invraisemblable, mais les Français sont les enfants chéris et des Américains, et des

Anglais, et des Russes. L'un d'eux était un charmant Caucasien qui a trouvé que je ressemblais tellement aux filles de son pays qu'il veut me porter un costume.

Tout va bien sauf la nourriture d'ici que je ne supporte presque plus. Hier, dans la journée, j'ai eu tellement mal au cœur que j'ai tout rendu. Ce matin, il s'en est fallu de peu que j'en fasse autant.

Je n'ai pas eu de chance, car la veille de mon arrivée les chaudières ont éclaté. Plus d'eau chaude et plus de chauffage dans ma chambre. L'eau est revenue ce matin, mais je ne serai pas chauffée avant une quinzaine de jours.

Rosen ne rentre que le 23. J'en suis ennuyée : pas pour lui, mais pour Wia qui a de plus en plus mauvaise mine. Malgré cela, il est enchanté de ce qu'il fait. Il est vrai que tout le monde l'adore. Les Russes lui font une de ces cours !

Chère maman, je vous quitte en vous remerciant de tout mon cœur de ce que vous avez fait pour moi, ainsi que papa, pendant mon séjour à Paris. J'ai vraiment été très heureuse d'être avec vous deux comme avant.

Je vous embrasse très fort ainsi que papa.

P.-S. 1 : Dites à papa que l'Américain est plus que ravi de son livre dédicacé.

P.-S. 2 : Je penserai bien à Claude samedi et surtout les autres jours. Je suis très fière et dis à tout le monde que mon frère part faire des conférences en Angleterre ! »

Rolanne a refusé que Claire prenne le volant, pour une fois c'est elle qui conduit l'ambulance. Claire n'a pas discuté. Depuis qu'elle se sait enceinte, elle prend quelques précautions : elle ne participe plus aux expéditions lointaines, évite autant qu'elle le peut les trajets en voiture. Elle se sent inutile, cela la met de très mauvaise humeur, elle s'en plaint auprès de ses compagnes. Comme elle se plaint de ne pas voir assez Wia qui, tant qu'il remplace Rosen à la tête de la Division des personnes déplacées, se lève très tôt et rentre très tard.

Mais ce jour-là tout est différent.

L'ambulance transporte quatre hommes que les Soviétiques après des négociations particulièrement longues ont finalement consenti à livrer à la Croix-Rouge : deux Belges, un Français et un jeune Grec.

C'est pour ce dernier que Claire a tenu à être présente. Il lui semble qu'elle n'a encore jamais souhaité sauver autant une vie humaine, qu'elle ne s'est jamais donné autant de mal pour convaincre Wia d'abord, puis par son intermédiaire, les autorités du camp de prisonniers où il a été signalé.

On sait peu de choses sur ce garçon d'environ dix-huit ans capturé par les Allemands, puis considéré comme leur complice par les Soviétiques, donc destiné à être déporté, sans jugement, sans personne qui puisse l'innocenter. Claire et Rolanne, en l'aidant à s'allonger dans l'ambulance, ont vu tout de suite qu'il était tuberculeux, très mal en point. Le faire hospitaliser devient urgent. Mais où trouver de la place ? Tous les hôpitaux de Berlin sont pleins. « Essayons tout de même », ont décidé de concert les deux femmes.

Au premier hôpital, elles parviennent à caser pour quelques heures les deux Belges et le Français. Mais au troisième et après un autre refus, elles ne savent plus quoi faire.

— Retourne les voir encore une fois, supplie Claire, insiste. Toi, tu baragouines dans plusieurs langues... Chaque minute compte si on veut qu'il vive...

— Tu as raison.

Rolanne renonce à garer convenablement l'ambulance, descend à nouveau après avoir rajusté son manteau et sa chapka. Depuis la veille, la température est tombée en dessous de zéro, une mince couche de glace recouvre le sol. Claire contemple accablée les immeubles toujours en ruine de ce quartier de Berlin et cède à un moment de découragement. Elle attend un enfant, un jeune garçon va mourir près d'elle sans qu'elle ne puisse rien tenter pour le sauver. Rien tenter, vraiment ? Être près de lui au moins, ne pas le laisser seul avec la peur de mourir.

Elle entrouvre la bâche de toile, pénètre à l'intérieur de l'ambulance. Le jeune Grec gît inerte sur la couchette où on l'a déposé. Malgré les deux couvertures militaires, il tremble de froid, de fièvre. Ses yeux sont fermés. Mais quand il sent la main de Claire sur son front, il les ouvre d'un coup. Son regard désespéré appelle au secours. « Ça va aller, ça va aller », répète Claire en lui caressant le visage. Elle met dans ce simple geste toute la délicatesse dont elle se sait capable quand elle est confrontée à la misère du monde, aux horreurs de la guerre. Les grands yeux noirs brillants ne la quittent pas, elle a le sentiment qu'elle transmet un peu de sa vie au garçon. Mais cela ne dure pas. Il tremble maintenant de façon convulsive.

« Que je suis bête ! » Claire enlève son manteau, le pose sur les couvertures militaires. Est-ce son imagination ? Il lui semble que le garçon tremble moins, qu'il respire avidement le parfum dont le manteau est imprégné. « *Après l'Ondée* », annonce Claire. Elle se met à lui parler de Paris, de la croisière en Grèce faite en famille avant la guerre. Elle dirait n'importe quoi pour maintenir cette petite, si petite, étincelle de vie dans les yeux du garçon.

Mais c'est lui, tout à coup, qui se met à parler

d'une voix basse entrecoupée de violentes quintes de toux. « Non, tais-toi, ça t'épuise. » Il lui obéit. Des larmes de douleur, de désespoir, Claire ne sait pas, se mettent à couler. Claire n'a rien compris de ce qu'il a tenté de lui dire mais elle croit avoir deviné. Elle et les autres ambulancières avaient été très frappées, dès leurs premières missions dans les camps soviétiques, par une terreur commune chez tous les jeunes gens : « Ne me laissez pas mourir ici », disaient-ils. Ici, c'est-à-dire à Berlin, en Allemagne, loin de leur pays d'origine. « Tu vas rentrer en Grèce », murmure Claire qui en doute mais qui veut continuer à lui insuffler un peu de vie.

Plus d'un quart d'heure s'est écoulé depuis le départ de Rolanne. Sans son manteau, Claire commence à avoir très froid. Mais elle continue de caresser le visage, les cheveux du garçon, elle continue de lui parler. Il a cessé de pleurer, il semble suspendu à ses paroles, au contact de la main sur sa peau. Claire sait bien qu'il ne parle pas le français, qu'il ne peut pas la comprendre, mais elle continue. Elle raconte que les ambulances de la Croix-Rouge, à Berlin, avaient été conçues pour la guerre de Libye ; que c'est pour cette raison qu'elles ont des bâches en toile et qu'ils ont si froid.

— Avant, pendant la guerre, la Croix-Rouge disposait de petites Amilcar. Tu aurais dû me voir au volant, j'avais fière allure.

Les paupières du garçon se ferment, il ne réagit plus aux paroles, aux caresses. Claire prend peur : ce n'est pas la première fois que quelqu'un meurt dans ses bras, elle reconnaît les signes annonciateurs de l'agonie. Mais elle entend son prénom crié par Rolanne, un bruit de bottes sur le sol gelé, près de la voiture.

De retour à l'appartement, Claire et Rolanne qui ont pris chacune un bain très chaud pour se réchauffer, se retrouvent à la cuisine, devant une tasse de thé. Elles cherchent à se convaincre que le jeune Grec est sauvé, qu'il guérira. Elles refusent le diagnostic négatif du médecin militaire qui l'a fait hospitaliser.

— Il va s'en sortir, s'obstine Claire. C'est comme un engagement entre nous, comme s'il me l'avait promis quand nous luttions tous les deux à l'arrière de l'ambulance et après. Tu te souviens ?

— Oui, Clarinette.

À peine dehors, le garçon avait repris connaissance et cherché Claire des yeux. Puis, avec une force insoupçonnable, il avait attrapé sa main pour ne plus la lâcher. Durant le trajet jusqu'au lit d'une salle commune surpeuplée de l'hôpital, Claire avait continué à lui parler, à raconter n'importe quoi, tout ce qui lui passait par la tête pour le maintenir éveillé. Elle avait promis de revenir le lendemain, les jours suivants.

— C'est bête de s'attacher comme ça à un gosse inconnu... S'il ne s'en sort pas...

— Non, Clarinette, c'est normal et c'est bien ce qui rend notre travail parfois si douloureux.

Lettres de Claire :

« 22 décembre 1946
Chère maman,
Je sais qu'il fait très froid à Paris. Ici, depuis dix à quinze jours, cela varie entre − 10 et − 15. Malgré le chauffage qui craque de temps en temps, nous ne sommes véritablement pas à plaindre. Et vous, n'avez-vous pas trop froid ?

Rien de nouveau ici. Le temps passe avec une rapidité déconcertante ce dont je ne me plains pas.

Parlons de moi puisque je crois que cela vous intéresse.

Je porte très bien mes quatre mois sonnés. Je n'ai pas beaucoup changé depuis Paris et qui ne sait pas, ne s'aperçoit encore de rien. À part cette crise due au triste et mauvais régime que j'ai ici, je vais bien et n'ai presque jamais la migraine.

Mon mal s'est porté sur les reins. J'ai eu mal à ne pas pouvoir bouger. Je me fais masser tous les matins et cela va beaucoup mieux.

Maintenant, ma maman, je voudrais vous souhaiter un bon Noël. Je suis un peu triste d'être loin de vous pour ce jour-là. Rosen quitte Paris ce soir. Il y a déjà quatre arbres de Noël dans la maison et je crois que nous aurons une très jolie fête.

Wia me charge de vous embrasser très tendrement. Il est actuellement à la tête de la division et joue avec fureur à l'homme important.

Encore une fois, bon Noël ma maman adorée.

Votre toute petite Claire. »

« 30 décembre 1946
Ma maman,
Bonne année. Cette lettre vous arrivera naturellement en retard, mais j'ai été assez grippée tous ces jours-ci et je n'avais pas le courage de prendre la plume. J'espère que vous avez eu un bon Noël et que vous aurez un bon 1er janvier.

Il y a aujourd'hui exactement un an que vous avez vu Wia pour la première fois. J'arrivais à Paris et j'avais alors deux longs mois à passer avec vous. Je ne sais pas quand je viendrai vous voir. Je ne sais même pas si Wia prendra des vacances. Il a beaucoup de travail, ne veut pas se faire remplacer, ni aider. Il joue un peu à l'indispensable. Au fond, s'il aime ça, tant pis pour lui. Mais il a mauvaise mine, perd ses cheveux et vieillit presque à vue d'œil. Malgré cela, il est assez adorable et nous ne nous disputons jamais.

À part cette grippe, ma santé est bonne. En

deux nuits, j'ai terriblement grossi. Je ne sais pas si vous vous souvenez d'une gravure de la grosse Bible de grand-mère qui était sur la table au fond du salon. Elle représentait Samson une main sur chaque colonne du Temple et celui-ci s'écroulait sous sa pression. J'avais cette même impression. L'enfant poussait de toutes parts et tout craquait en moi. Je crois qu'il sera fort car je suis dure et coriace et il a un mal fou à faire sa place. Il est aussi d'une nervosité infernale, enfin il sera le digne fils de son père.

J'ai vraiment la chance de pouvoir mener la vie que j'ai en ce moment. Je ne sais pas ce que je ferais si je devais travailler. Songez que le matin, on m'apporte mon petit déjeuner au lit et qu'après être passée dans les mains d'une bonne masseuse, je prends un bon bain. Je ne peux pas dire que je m'amuse énormément mais qui est-ce qui s'amuse ? Je suis très vite fatiguée et la moindre sortie fait drame pour moi. À propos de sortie, je pense à la veste. Ce vert n'est pas mal mais avec quoi la mettrai-je ? Au fond, il me semble qu'il me faudrait quelque chose que je puisse mettre le soir et qu'est-ce que je pourrais mettre sous ce vert ? À propos, j'espère bien que vous vous êtes servie de mon manteau de fourrure pendant ces grands froids.

Ma maman adorée, je vous embrasse de tout mon cœur en vous souhaitant ainsi qu'à papa une très, très bonne année.

Votre petite Claire. »

Des verres, des bouteilles vides, des assiettes traînent encore ici et là dans les différents étages du 96 Kurfürstendamm. Ce sont les restes du réveillon du 31 décembre 1946 qui a réuni chez les Français beaucoup de responsables américains, anglais, russes des armées alliées. Comme l'écrivait Claire à ses parents, les habitants de l'immeuble s'étaient réjouis de constater à quel point ils étaient aimés, à quel point la France de la collaboration était oubliée au profit d'une autre France, celle des lendemains de guerre, la leur, ici, à Berlin. Le temps d'une nuit, Américains et Russes avaient de nouveau fraternisé. On avait oublié les menaces de plus en plus réelles d'une prochaine guerre entre les deux grandes puissances.

Tout le monde s'est levé un peu tard en ce 1er janvier 1947. Rolanne et Plumette prennent leur petit déjeuner dans la cuisine. Elles n'ont pas réveillé Mistou, la dernière couchée, sacrée « reine de la fête » et qui a dansé jusqu'à l'aube, jusqu'à l'épuisement.

Claire qui vient de les rejoindre somnole encore. Elle a remporté un grand succès en jouant de l'accordéon, en faisant chanter dans toutes les langues ses camarades de l'immeuble et leurs invités. Elle avait pour cela répété en cachette, ses progrès avaient surpris tout le monde.

— On ne te savait pas si musicienne..., commence Rolanne.

— ...bonne pour le théâtre aux armées, complète Plumette.

— Chez les Américains ? Avec mon gros ventre ? Ah, non !

— Viens donc le sortir, ton gros ventre !

Wia suivi des deux chiens fait irruption dans la cuisine. Il a déjà monté son cheval favori, son visage est rougi par le froid, la vitesse, le plaisir de vivre : c'est son jour de congé, le premier depuis longtemps et il a l'intention d'en profiter. Claire feint de protester.

— C'est invraisemblable, une forme pareille après tout ce que tu as bu cette nuit !

Mais elle quitte sa chaise, enfile bottillons et manteau fourré, enfonce la chapka au ras des sourcils : aujourd'hui comme hier il fait moins quinze, elle l'a vérifié en consultant le thermomètre suspendu à l'extérieur de la cuisine. C'est le moment que choisit Léon de Rosen pour entrer dans la cuisine. Lui aussi est debout depuis longtemps, il a même commencé la tournée des vœux pour le Nouvel An auprès des membres de son directoire.

— Bonne année à tous ! Au fait, Claire, votre petit protégé, le Grec, a bien passé la nuit. On pense qu'il survivra.

Claire et Wia se promènent dans le parc le plus proche recouvert d'une épaisse couche de glace. Ils avancent lentement de crainte de glisser et de tomber. Les chiens courent loin devant eux, dérapent régulièrement. Ils font la joie d'une bande d'enfants chaussés d'antiques patins, qui ont improvisé une patinoire sur un petit étang. L'air est sec, vif, un pâle soleil perce par moments derrière les nuages. Parfois Claire et Wia croisent d'autres couples, des Berlinois qui leur souhaitent « bonne année » en allemand. À cause du froid, de la buée se forme devant toutes les bouches.

— Mon petit Grec sauvé et ces gosses qui ont oublié la guerre, mon fils va naître dans un monde meilleur, se réjouit Claire.

— Qu'est-ce qui te fait croire que ce sera un garçon ? Une fille, c'est bien aussi...

— Ce sera un garçon. François naîtra en mai et...

Wia l'interrompt d'un baiser.

— J'ai oublié de te dire. J'ai pu joindre mon père au téléphone, hier. Il nous demande de respecter nos deux pays d'origine et de choisir des prénoms en conséquence.

— Comprends pas.

— Mais si. Pas de François si c'est un garçon,

pas de France si c'est une fille, mais des prénoms communs à la France et à la Russie
comme Léon, Alex, Pierre, Serge, Jean, Marie,
Anne, Hélène, Nathalie, etc. On n'a vraiment
que l'embarras du choix.

Claire s'est figée sur place en proie à une violente contrariété.

— Rentrons, dit-elle, je suis fatiguée.

Wia qui n'a pas remarqué le changement de
ton de sa femme, consent avec gentillesse. Il
siffle, comme il a l'habitude de le faire, les
chiens. Mais à sa grande surprise aucun d'eux
ne se montre. Il attend quelques secondes en
scrutant la partie du parc où il les a vus pour la
dernière fois, les imagine jouant avec les
enfants, puis siffle à nouveau, plus fort et plus
longuement. Quelques secondes encore et il
voit Kitz au loin, surgir d'un entrelacs d'arbres
morts, couchés sur le sol, abandonnés. Kitz est
seul, sans Vicouny.

Trois heures durant, Claire et Wia ont appelé,
cherché leur chien. Aidés des enfants, puis de
quelques volontaires allemands inconnus, ils
ont fouillé le parc dans ses moindres recoins,
les rues avoisinantes. Kitz trottine à leurs côtés,
l'air penaud. À plusieurs reprises, Wia le prend
à partie et lui demande ce qui est arrivé à son
compagnon chien. « Il était sous ta responsabilité ! » Claire n'a pas le cœur de protester
devant ce comportement absurde. Elle partage

la détresse de son mari, elle ne sent pas qu'elle est épuisée par cette marche dans le froid. Un brouillard s'est peu à peu formé sur la ville et rend les recherches plus difficiles.

Enfin, ils se décident à rentrer chez eux.

C'est le 1er janvier, jour de congé, et il n'y a pas grand monde à l'étage de la Division des personnes déplacées. Les filles des Croix-Rouge française et belge, au contraire, sont presque au complet. Plumette n'hésite pas à prendre la tête des opérations. Wia, elle, Mistou et trois de leurs camarades belges, chacun au volant d'une voiture, s'en vont patrouiller dans les rues de Berlin. Claire et Rolanne demeurent sur place pour accueillir Vicouny si, par miracle, quelqu'un le ramenait.

Il fait nuit depuis longtemps quand Wia et ses amies reviennent. Ils ont interrogé toutes les personnes qu'ils ont rencontrées, craignent maintenant le pire : on ne compte plus, à Berlin, le nombre de chiens et de chats volés pour être revendus au plus offrant ou mangés par les plus affamés.

Claire voit son mari sur le point de perdre la tête. Elle lui propose d'écrire un avis de recherche avec une forte récompense pour qui le retrouverait. « Dans toutes les langues, insiste-t-elle, dans toutes les langues. » Wia s'exécute aussitôt, aidé par les filles. Toutes feignent d'ignorer qu'il pleure à chaudes larmes.

Lettre de Claire :

« 6 janvier 1947
Ma maman,

Un tout petit mot simplement pour vous dire que tout va bien et surtout parce que Rolanne prend le train dans quelques minutes. Je vous écrirai plus longuement d'ici très peu de temps.

J'ai beaucoup pensé à vous tous le 1er janvier et ai communié ce matin pour vous et pour papa (un peu pour mon fils aussi).

Vous avez certainement passé un meilleur 1er janvier que Wia et moi car, ayant perdu notre chien Vicouny, nous l'avons cherché et recherché. Grâce à une grosse récompense promise, on nous l'a rapporté le 2 au soir. Mais je vous raconterai tout cela plus longuement. »

Claire cesse d'écrire. Non, elle n'en dira pas plus sur le comportement de Wia lors de la disparition de Vicouny ; cet amour fou... Comment ses parents comprendraient-ils qu'on s'attache autant à un animal ? Elle-même ne sait plus quoi penser. Elle pressent qu'elle n'oubliera jamais ces heures d'anxiété, cette question qu'elle s'était posée et qu'elle se pose encore : Wia saura-t-il aimer leur fils plus que son chien ? Elle se souvient de la brutalité avec laquelle il avait chassé Kitz de leur chambre pour le punir d'avoir si mal veillé sur Vicouny. Kitz s'était réfugié chez Mistou où il se trouve toujours. Elle revoit aussi Hilde, la traductrice qui travaille parfois avec la Croix-Rouge leur annonçant qu'on avait enfin retrouvé Vicouny ; la somme énorme que réclamait la personne qui l'avait soi-disant « recueilli ».

Mais la voix de Rolanne, dans l'escalier, met fin à ses pensées.

— Je m'en vais !

Claire est obligée de terminer sa lettre.

Dans un cadre en bois doré, une photo la représente agenouillée, Vicouny dans les bras, au milieu d'une prairie. L'herbe très haute, les fleurs sauvages, la lumière, sa chemisette et le sourire heureux qu'elle arbore évoquent l'été, l'insouciance, le bonheur. Wia a pris cette photo le dernier jour de leur voyage de noces, à une vingtaine de kilomètres de Berlin. D'autres photos encore la montrent en short, en maillot de bain. Claire les contemple avec un mélange de fierté et de chagrin. Il lui semble qu'elle réalise seulement maintenant à quel point elle y est jolie, si mince, si fine. Pourra-t-elle un jour redevenir cette jeune femme-là ? Elle en doute. Une dernière photo où elle figure au milieu des filles de la Croix-Rouge, prise le 31 décembre 1946, la décourage. Elle s'y trouve bouffie, vieille. « Mon fils, mon fils, tu exagères, tu me fatigues », dit-elle. Depuis peu, quand elle est seule, elle se surprend à lui parler, avec un mélange de reproches, d'encouragements, de mots d'amour qui lui viennent du plus profond d'elle-même et qui l'étonnent.

Claire songe avec ennui qu'elle a rendez-vous avec Hilde. Toutes ces camarades étant sur les routes, c'est « l'Allemande », comme elle l'appelle, qui va la guider dans l'hôpital où l'on soigne le jeune Grec. Contrairement à Rolanne, elle éprouve à son égard un curieux sentiment de méfiance. Pire, elle est prête à parier qu'Hilde a sa part de responsabilité dans la disparition de Vicouny, la somme qu'il a fallu verser pour le récupérer.

Lettre de Claire :

« Berlin, 14 janvier
Chère maman,
Wia étant à une soirée où il est obligé d'aller, je vous écris dans mon lit. Il est déjà plus de 11 heures.

Aujourd'hui, premier air de printemps : c'était le dégel dans toute sa beauté. L'eau dégoulinait de partout et l'air avait une odeur de printemps adorable. J'ai naturellement été la seule, ici, à m'en apercevoir. Je sais que Jean, lui, serait rentré en disant : "C'est merveilleux, c'est le printemps" mais il n'était pas là et j'ai été la seule à en profiter. Il y a quatre jours, il faisait encore – 23, avant-hier – 20, hier il neigeait et aujourd'hui c'est le printemps. Le froid a été terrible mais je ne m'en suis pas beaucoup aperçue parce que je ne suis sortie que très peu. Mais les Berlinois, qu'ils ont dû souffrir...

Merci de votre lettre reçue ce matin, enfin ! C'est drôle car hier soir encore je disais à Wia :

"Il va falloir tout de même décider où aura lieu cette naissance, à cause de papa et maman qui doivent me trouver bien négligente."

Rosen rentre juste de Paris. Je n'ai pas encore pu parler sérieusement avec lui. Mais je crois qu'il y a 99 chances sur 100 que nous soyons encore là en mai. Dans quelques jours je saurai si tout peut se passer ici dans les meilleures conditions. Si oui, il naîtra à Berlin. Tant pis ! À Paris, il me semble que je serais obligée de vous encombrer au moins pendant deux mois car je ne pourrais pas arriver la veille et repartir le lendemain. Et imaginez les ennuis pour vous et papa. Ce serait tellement plus simple pour vous de recevoir un coup de téléphone.

Et puis ce n'est pas beau, une femme enceinte, et encore moins beau une femme qui accouche. J'aimerais tellement mieux paraître devant vous, papa et mes frères avec un enfant dans les bras et un ventre plat. Ceci dit, je serai peut-être obligée de vous faire passer une nuit blanche. Espérons que non !

Je vous serais plus que reconnaissante si vous achetiez tout ce qui me manque pour l'enfant.

Tous ces jours-ci, j'ai été assez fatiguée et j'avais d'affreuses crampes au ventre la nuit. J'imagine que ce n'est rien mais demain soir j'aurai les résultats d'une analyse et après j'irai voir un médecin. L'enfant grandit très, très lentement mais sûrement. J'ai l'impression qu'il a de grandes difficultés à faire sa place, mais il est heureusement plus fort que mon pauvre ventre.

Je rêve une chose, j'en suis presque malade tellement j'en ai envie : courir sur une plage, en plein été, sentir mon corps à moi, rien que mon corps, me jeter dans l'eau, me détendre, me fatiguer, me sentir moi !

C'est affreux, je pense très peu à l'enfant et je ne l'aime pas encore.

Wia vient de rester une dizaine de jours tout seul à la tête de la maison, avec tous les jours des séances extraordinaires en vue de la conférence de Moscou. Il n'est pas très gros, pas très beau mais content de son travail. Son humeur est souvent massacrante, mais il la garde pour les autres car avec moi il est adorable.

Il fait pleurer toutes les secrétaires les unes après les autres et engueule le reste de la maison. Il n'y a que moi et ses chiens qui bénéficions d'un régime de faveur. Malgré cela, tout le monde l'adore ici.

Je vous quitte en vous embrassant de tout mon cœur ainsi que papa naturellement.

Votre petite fille qui vous aime.

P.-S. : Impossible de vous téléphoner le 1er janvier, la ligne n'était que pour les grands personnages et les cas urgents.

La lettre de mon petit Grec est adorable. »

Claire contemple avec attendrissement une photo de groupe, prise il y a une semaine. Elle pose au bras d'un maigre jeune homme qui s'appuie sur des béquilles et qui la fixe avec

amour. Plumette, Rolanne et Mistou les entourent. Il neige, tous ont l'air frigorifiés. On
devine en arrière-plan l'ambulance qui va
conduire le jeune Grec à l'aéroport. Grâce à la
lettre qu'il vient de lui faire parvenir, Claire sait
maintenant qu'il a trouvé une place dans un
hôpital de La Haye où l'on espère guérir sa
tuberculose.

Lettre de Claire :

« Berlin, 24 janvier 1947
Ma maman,
Un tout petit mot car quelqu'un prend le
train dans quelques instants. Il sera du reste uti-
litaire : excusez-moi.
J'ai été hier voir le médecin que j'avais vu : il
m'a trouvée très bien. D'après lui, l'enfant doit
naître le 12 mai (mais pourquoi juste le 12 !
Moi, je crois entre le 15 et le 19). Je crois que
j'accoucherai dans une clinique qui a l'air très
bien et qui est tenue par des sœurs. Mon analyse est naturellement très bonne.
Voilà maintenant un tas de choses à faire et
je m'en excuse.
1) Vous a-t-on téléphoné pour vous dire que
je trouvais la veste jaune très jolie ? Surtout que
la couturière ne la fasse pas trop étroite.
2) Je vous envoie l'ordonnance de P. Pour-
riez-vous lui téléphoner pour lui demander
s'il faut la refaire ou la changer. Vous serez
gentille d'acheter ce qu'il faudra et de me le

faire parvenir par la personne qui vous télé-
phonera.

3) Il me faudrait de la laine, blanche si possible, 4 fils et 3 fils. Je n'ai que 5 fils. Si je pouvais aussi avoir des aiguilles à tricoter.

Pauvre, pauvre maman, si vous saviez comme
je m'excuse.

Merci mille fois pour les pommes et les
endives (quelle merveilleuse salade nous avons
mangée : la première depuis Paris) et le sucre.
Vous êtes un amour.

Pour aller avec la veste jaune, j'aimerais avoir
la jupe de mon tailleur noir.

Il me semble que c'est tout.

J'espère que vous allez tous bien. Ici, il
neige.

J'ai été hier soir entendre et voir *Rigoletto*.
C'était chanté d'une façon admirable et j'ai
trouvé cela très, très, beau.

Je n'ai pas encore répondu à la lettre de
Claude qui était si gentille. Je ne sais où me
mettre tant j'ai honte. Ni à Luce, alors que tous
les jours je pense à elle et à son fils.

Ma maman chérie, je vous quitte en vous
embrassant de tout mon cœur. »

Claire s'apprête à glisser sa lettre dans l'enveloppe quand Wia surgit.

— Tu écris à ta mère ? Je vais ajouter quelques
mots.

Il prend sa place devant le secrétaire en marqueterie qui semble tout à coup très petit. « Un

meuble de jeune fille », se dit Claire rêveusement. Malgré les mois écoulés, elle ne s'est pas complètement habituée à son nouveau nom, à son mari. La venue au monde d'un fils dont elle sera la mère demeure une perspective étrange dont il lui arrive encore de douter.

Wia, pressé par le temps, écrit vite d'une haute et très lisible écriture.

« Maman crainte et chérie,

Vous devez me juger un bien vilain bonhomme, oublieux et ingrat. Il n'en est rien ! Vous avez un gendre adorable, gentil, qui vous aime bien (quoiqu'il ait encore un peu peur de vous, surtout à distance) mais le pauvre a tant à faire. C'est un homme-orchestre, remplaçant à tour de rôle et souvent simultanément à peu près tous les membres de sa division, du planton au grand chef. Le malheureux sort de son bureau à 8 heures du soir et il est rare qu'on ne le dérange pas encore deux ou trois fois après. Il faut qu'il voie son épouse chérie, qu'il promène les chiens, dîne, lise le journal pour ne pas entièrement perdre le contact avec la vie extérieure (à ce propos, soyez bénie pour les *Figaro* qui arrivent comme de vrais petits express, vieux de trois jours à peine, ce qui est incroyable !).

Le résultat est que les jours passent, sans que je puisse rien faire dans le cadre de ma vie personnelle.

Dans quelques jours, je pars pour cinq jours

au Danemark, hélas en mission archi-officielle, donc sans Claire. Tristesse !

Je vous embrasse avec un affectueux respect et vous redemande pardon pour ces longs silences. »

— Ça ira ?

Claire relit à toute vitesse.

— Ça ira. De toutes les façons maman est sous ton charme.

Wia prend l'enveloppe. Sur le pas de la porte de leur chambre, il marque un bref arrêt pour regarder cette femme tant aimée, la sienne, la mère de leur futur enfant. Il a envie de la remercier d'être là, d'être si jolie, de l'avoir choisi, pense-t-il, parmi tant d'autres hommes. Mais il craint de l'irriter et dit tout autre chose :

— J'ai appris qu'un de mes meilleurs amis d'avant la guerre est de passage à Berlin. Nous avons passé notre bac ensemble. Il te plaira beaucoup, il s'appelle Minko.

— Minko !

Claire est tellement stupéfaite qu'elle en fait tomber le livre qu'elle venait de prendre. Les chiens sursautent, Wia entre de nouveau dans la chambre dont il referme la porte.

— Tu connais Minko ? Ce séducteur de Minko ?

— Oh, oui !

Une allégresse soudaine s'est emparée de Claire. Ainsi donc, cet ami lointain, dont elle était sans nouvelles, qu'elle avait un peu oublié, est vivant ! Elle ne se rend pas compte de l'inquiétude qui s'est emparée de son mari, de son air malheureux, perdu. Dans sa joie d'évoquer le passé, elle raconte comment ils se sont connus, jeunes gens, à Paris, avant la guerre ; leurs retrouvailles sur le front Est, à la fin de l'année 1944 ; les risques qu'elle avait pris en rentrant sans permission officielle à Paris afin de lui trouver l'ambulance qu'il réclamait. Wia l'écoute comme, peut-être, il ne l'a jamais encore écoutée. Pour la première fois il doute de lui, de l'amour que lui porte Claire. Il envisage comme une catastrophe possible qu'elle le quitte, comme ça, du jour au lendemain, parce qu'un amour de jeunesse soudain réapparaît.

— Et toi, comment connais-tu Minko ?

Wia est sensible au naturel de sa voix, à la simplicité de sa question. L'horrible vision se dissipe.

— Par l'École alsacienne. Nous étions un petit groupe d'amis d'origine étrangère. Il y avait principalement moi, le Russe, Minko, le Polonais et Stéphane Hessel, l'Allemand. C'était formidable, l'École alsacienne. Nous n'étions pas considérés comme des « étrangers » mais comme des « internationaux ». Pour nous trois, cette nuance était tellement importante...

Tout au plaisir d'évoquer pour Claire cette époque heureuse, Wia oublie ce qui l'avait si fortement troublé quelques minutes auparavant. Il raconte des vacances en Espagne, la descente en canoë de l'Èbre à travers la Navarre, l'Aragon et la Catalogne.

— Je n'ai jamais plus entendu parler de Stéphane et il y a toutes les raisons, hélas, d'être inquiet... J'espère que Minko sait ce qu'il est devenu. De nous trois, Stéphane Hessel est le plus doué pour le bonheur et...

Mais Claire, d'un geste l'interrompt.

— Le courrier ! Nous avons oublié de donner le courrier !

— Ta mère attendra.

Rolanne de retour d'un séjour de deux semaines dans sa famille a rapporté des fruits, des légumes, le courrier de ses camarades. C'est ainsi que Claire reçoit en même temps des lettres de ses frères, de sa sœur et de sa mère. Tous trouvent judicieuse l'idée de donner à son futur enfant un prénom commun à la France et à la Russie. On lui suggère Pierre, Natacha ou André à cause de *Guerre et Paix*, un des romans préférés de François Mauriac. « Ce sera Pierre, Petrouchka », décide Claire.

Elle et Rolanne remontent d'un pas vif le Kurfürstendamm en direction de la clinique où doit accoucher Claire et où il est temps qu'elle s'inscrive. Elles y ont rendez-vous avec Hilde qui leur servira une fois de plus d'interprète pour les aider à remplir les formulaires.

Après un début avril pluvieux, le froid est revenu rappeler à tous que l'hiver, le terrible hiver 1946-1947, n'est pas terminé, du moins pour la population allemande. Car l'Allemagne demeure un pays ruiné où tout manque : la nourriture, les logements, les vêtements. Malgré le maintien des cartes de rationnement par les Alliés puis, depuis l'été, l'envoi de colis par l'O.N.U., la population souffre toujours de la faim, Claire et Rolanne le constatent en parcourant les rues de Berlin.

Des femmes et des hommes d'aspect misérable continuent à déblayer les immeubles en ruine, la plupart du temps sans l'aide de machines, à mains nues. Ils ont depuis longtemps échangé ce qui leur restait contre un peu de nourriture dans les campagnes et acceptent n'importe quelle forme de travail pour se nourrir. Beaucoup vivent encore dans des caves.

— On a l'impression que rien ne change pour eux, soupire Rolanne, qu'ils sont toujours dans l'« année zéro », la *Stunde Null*, comme dit Hilde.

Claire ne sait que répondre. Depuis qu'elle ne conduit plus son ambulance, elle éprouve un vague sentiment de culpabilité. Même si elle mange mal, jamais suffisamment à son gré, elle a conscience de bénéficier d'énormes privilèges. Cela la gêne vis-à-vis des Allemandes qui sont à son service maintenant qu'elle est enceinte. Une première la masse tous les matins, une deuxième s'occupera de son futur enfant. Sans parler des femmes qui, tous les jours, viennent faire le ménage de l'ensemble de son immeuble.

Hilde attend devant le bâtiment en partie

reconstruit où se trouve la clinique. Elle porte comme toujours un grand manteau d'homme serré à la taille par un ceinturon militaire et un béret très enfoncé sur la tête. Les mains dans les poches, elle regarde s'avancer Claire et Rolanne sans manifester le moindre sentiment.

— Les papiers sont prêts. Vous n'aurez qu'à me dicter les réponses, puis à les signer. Ensuite, il faudra revenir avec l'argent, annonce-t-elle d'une voix neutre.

Claire et Rolanne la suivent dans une succession de pièces sommairement meublées mais très propres. Elles croisent des religieuses, des femmes allemandes enceintes qui se retournent toutes sur leur passage.

— C'est votre uniforme de la Croix-Rouge, explique Hilde. Il n'y a aucune étrangère ici, aucune.

Elle désigne des chaises. Tandis que Claire et Rolanne s'installent, Hilde pour la première fois regarde Claire franchement.

— Pourquoi avez-vous choisi d'accoucher dans une clinique allemande ? dit-elle soudain.

— Parce qu'on m'a dit que les accoucheurs américains sont épouvantables, et je ne veux pas me faire charcuter !

Claire un bref instant surprise par cette curiosité inattendue a répondu du tac au tac, avec un sourire narquois, destiné, pense-t-elle, à mettre fin à ce début de conversation. Mais Hilde lui renvoie un sourire plus narquois encore, un sourire à la limite de l'insolence.

— Et que savez-vous de votre accoucheur allemand ?

— Que c'est le meilleur, que toutes les Allemandes qui sont en mesure de choisir, le réclament.

— Et quoi d'autre ? Vous ne vous êtes pas demandé ce qu'il faisait pendant la guerre ? Où il était ? Son grade dans l'armée ?

Cette insistance, ces questions, tout à coup, effrayent Claire. Elle a le sentiment, presque la certitude, qu'Hilde est capable de la blesser, qu'elle peut se révéler dangereuse pour elle et pour l'enfant qu'elle porte. Un désir animal de s'enfuir, de quitter au plus vite la clinique s'empare d'elle. Mais elle le réprime.

— Qu'insinuez-vous ?

Est-ce l'agressivité qui maintenant émane d'elle ? Hilde a retrouvé son expression neutre et indifférente.

— Je n'insinue rien. C'est un excellent accoucheur, votre enfant naîtra dans les meilleures conditions. Nous autres, les vaincus, avons perdu l'habitude que les vainqueurs fassent appel à nos talents, c'est tout.

Hilde, en quittant sa chaise, a un étourdissement. Elle doit au rapide réflexe de Rolanne de ne pas tomber sur le sol carrelé de la salle d'attente.

— C'est rien, c'est la faim.

— Cette fois-ci, vous ferez ce que je vous dis et vous viendrez chez nous manger quelque chose, décide Rolanne.

Quelques heures plus tard, les trois femmes sont attablées dans la cuisine de leur immeuble. Rolanne a fait réchauffer des pommes de terre au lard qu'Hilde dévore, les yeux baissés. Malgré la chaleur de la pièce, elle a refusé de se débarrasser de son manteau, de son béret. Claire qui aurait souhaité regagner sa chambre, a accepté la demande formulée à voix basse de Rolanne et de leur tenir compagnie. Elle a les mains posées sur son ventre, elle suit les mouvements désordonnés du bébé, âgé de presque huit mois dont on ne devine presque pas l'existence tant Claire a su rester mince. « Que tu es nerveux, mon fils, que tu me fatigues », murmure-t-elle. Elle éprouve une légère nausée qu'accentue la voracité d'Hilde à qui Rolanne verse un verre de whisky en l'encourageant à boire et à manger davantage encore.

Hilde, enfin, semble rassasiée.

— C'est mon premier vrai repas depuis longtemps, merci, dit-elle en amorçant le geste de se lever.

— Restez encore un peu, parlez-nous de vous.

Hilde a un haussement d'épaules mais paraît sensible à la douceur de Rolanne, au geste qu'elle vient d'esquisser pour la retenir. Elle la regarde un instant comme pour mesurer la sincérité de son attention, puis Claire occupée à caresser son ventre et qui visiblement l'a oubliée.

L'obscurité gagne peu à peu la cuisine, Hilde continue de parler. Elle raconte la chute de Berlin, l'occupation par les Soviétiques ; la famine, la mort, les viols ; sa chance d'avoir survécu, ne pas avoir sombré dans la folie comme tant d'autres. Elle raconte encore le retour des hommes, leur refus d'entendre l'enfer enduré par les femmes ; le silence désormais imposé aux Berlinoises ; l'obligation qui leur est faite d'oublier. Elle s'exprime sans la moindre sentimentalité, sans se plaindre et sans haine, comme s'il ne s'agissait pas d'elle mais d'une étrangère. Rolanne et Claire l'ont écoutée en silence, sans jamais l'interrompre. Elles savent que tout cela est vrai. Elles ont compris d'instinct qu'elles ne devaient pas exprimer de la compassion sous peine de blesser Hilde, peut-être de l'humilier. Enfin, Hilde se tait.

— Et maintenant, qu'allez-vous devenir ? demande Rolanne.

— À votre avis ? Survivre, amasser de l'argent et partir.

Des jappements, une cavalcade dans l'escalier, le plafonnier qui s'allume brutalement, c'est Wia qui entre dans la cuisine suivi des deux chiens.

— Mon Dieu, mais que faisiez-vous plongées dans le noir ?

Aussitôt, Hilde se lève pour prendre congé. Wia l'aperçoit et s'incline avec cette galanterie un peu désuète dont il use avec toutes les femmes. Mais Hilde se contente d'un vague hochement de tête. Elle disparaît dans l'escalier, sans un regard pour Claire et Rolanne.

— Drôle de fille, dit Wia. C'est celle qui travaille parfois avec vous ?

Et sans attendre la réponse à sa question :

— Ne m'attendez pas pour le dîner, je vais être en retard. Et gardez les chiens : Rosen ne veut plus les voir dans nos bureaux.

À nouveau seules, Claire et Rolanne demeurent un moment en silence comme pour se reposer, reprendre pied avec la réalité, la leur, qui n'a rien à voir avec celle d'Hilde dont il leur semble pourtant que la présence hante encore la pièce.

— Brrr... J'espère qu'elle ne va pas porter la poisse à mon fils, murmure enfin Claire.

Rolanne est choquée.

— Oh, Claire !

— Maintenant que je connais mieux son histoire, je suis convaincue qu'elle est pour quelque chose dans la disparition et le rançonnement de Vicouny. Et tu sais quoi ?

Claire prend une pause et une mine des plus théâtrales :

— Je ne lui en veux plus.

Cette petite femme un peu forte qui s'affaire dans la cuisine attendrit Claire, lui donne envie de la protéger, elle ne sait pas vraiment contre quel danger, en prévision de quel malheur. Elle la sent faible, vulnérable. Qu'elle soit la mère de Wia ne cesse de la surprendre. Il n'y a aucune ressemblance entre son fringant mari et cette femme fatiguée, prématurément vieillie ; entre la personnalité extravertie de l'un et l'efface-ment volontaire de l'autre. Mais elle s'est presque aussitôt mise à l'aimer.

Cela n'avait pourtant pas été simple, une semaine auparavant, quand Wia avait annoncé que sa mère arrivait pour quelques jours à Berlin, qu'elle logerait dans leur immeuble. Claire avait été choquée qu'il ne lui ait pas au préalable demandé son avis. Wia, de plus, savait déjà qu'il n'aurait pas le temps de s'occuper d'elle. « Comme ça vous ferez vraiment connais-sance », avait-il décrété avec insouciance.

L'hostilité boudeuse de Claire n'avait pas duré longtemps. Sa belle-mère si timide, si gentille avec tout le monde, n'avait eu de cesse de lui être agréable. Elle s'inquiétait de sa santé, de son sommeil ; évoquait avec amour la venue, maintenant proche, du bébé. Elle semblait s'oublier en permanence pour ne songer qu'aux autres. Jamais elle ne se plaignait, jamais elle n'évoquait son passé en Russie, les difficultés dans lesquelles elle se débattait depuis vingt ans, depuis l'exil. Pour Claire comme pour ses camarades, la « princesse Sophie » comme on la nommait affectueusement, était l'incarnation de la bonté.

— Ne reste pas debout, *Douchka*, tu vas te fatiguer.

Pour lui faire plaisir, Claire s'assied à la table de la cuisine. Sa belle-mère, très vite, lui a imposé un tutoiement auquel elle n'est pas en mesure de répondre mais qui ne la gêne pas.

— Vous aurez besoin que je vous aide à faire votre valise ?

— Dans ton état ?

— Je vais bien et si Petrouchka était moins agité, j'irais très bien.

Avant même qu'elle n'ait eu le temps de penser qu'elle avait soif, sa belle-mère lui sert une tasse de thé. Claire qui aime qu'on la gâte apprécie ce geste, l'invite à s'asseoir à ses côtés. Sophie accepte, contemple Claire en souriant et retire une de ses boucles d'oreilles, une lourde opale sertie de petites améthystes.

— Non, dit Claire fermement.

Depuis son arrivée, sa belle-mère n'a de cesse

de lui offrir les quelques bijoux qui lui restent, qu'elle porte tous les jours et qui la font ressembler, selon le regard sévère de Wia, à un arbre de Noël. Claire a remarqué qu'il était souvent trop critique à son égard. Comment pouvait-il être aussi admiratif avec elle, Claire, et si peu bienveillant, parfois, avec les autres?

Mistou les rejoint dans la cuisine, ébouriffée, débordante de joie.

— J'ai obtenu une permission pour aller à Paris. Je prends le même train que vous, princesse Sophie. On fera un voyage merveilleux, partout c'est le printemps!

— Mistou s'est fiancée, explique Claire à l'intention de sa belle-mère.

Une foule dense se presse sur le quai de la gare tandis que Wia, monté dans le wagon où les deux femmes ont leurs places réservées, aide sa mère et Mistou à s'installer. Comme toujours le train pour Paris est bondé, beaucoup de voyageurs devront demeurer debout.

Claire, restée sur le quai, bousculée par la foule, a hâte que son mari revienne et qu'il la raccompagne chez eux. De se savoir si proche de l'accouchement la fatigue, l'inquiète. Il lui semble que l'enfant qu'elle porte, qu'elle s'obstine à appeler Petrouchka, lui prend toutes ses forces. Il fait très chaud en ce début du mois de mai. Cette chaleur estivale accentue sa fatigue.

Mais Wia, de retour, lui désigne la fenêtre du wagon où s'encadrent Mistou et sa belle-mère.

Celles-ci agitent leurs mains, envoient des baisers. Claire est alors frappée par la jeunesse triomphante de l'une et par la lassitude résignée de l'autre.

— Comme ta mère a l'air triste, dit-elle.

Wia a posé un bras protecteur autour de ses épaules. Il la guide fermement vers la sortie en prenant soin que personne ne les heurte.

— J'espère que ton père l'attend à la gare de l'Est et qu'il lui fera fête, insiste Claire.

— Mon père a sa vie, je ne suis pas sûr qu'il sera là.

— Comment ça?

— Les chevaux, les courses, les amis, les femmes, est-ce que je sais, moi... Après tant d'années de mariage...

Malgré la chaleur, Claire, brusquement, se sent glacée. La cruauté des propos de Wia, le naturel avec lequel il les a tenus, l'horrifient. En quelques secondes, elle entrevoit leur avenir, un avenir si sombre qu'elle est sur le point de se trouver mal. Wia qui la sent défaillir resserre son étreinte et l'embrasse tendrement sur le front. « C'est leur vie. La mienne avec Wia n'aura rien à voir », décide alors Claire.

La fenêtre grande ouverte laisse passer un air tiède dans lequel Claire reconnaît les effluves du printemps. La ville en ruine commencerait-elle à retrouver d'autres odeurs que celles de la guerre et de la mort? des parfums d'arbres et de fleurs, des parfums de vie? La renaissance de Berlin lui importe au plus haut point : c'est sa ville d'adoption, ce sera celle de son fils. Elle contemple dans le miroir la silhouette déformée de son corps et se félicite d'accoucher loin des siens : eux, au moins, n'auront pas vu le monstre qu'elle pense être devenue. Elle vient d'écrire à sa sœur Luce une lettre malicieuse dans laquelle elle se vante de donner avant elle un petit-fils à leur père. Car ce n'est pas pour Wia que Claire veut un fils mais pour son père qu'elle admire plus que tout au monde et dont elle sait qu'il espère la naissance d'un garçon. « Bien sûr, il ne portera pas le beau nom de Mauriac, papa, mais Petrouchka sera votre premier petit-fils. Dans ce domaine, au moins, j'aurai coiffé au poteau et ma sœur et mes deux frères ! » pense Claire avec une fierté enfantine.

En fin de journée, Wia passe la voir un instant dans leur chambre. Il lui apporte une odorante branche de lilas, du feuillage et la lettre qu'il vient d'écrire à sa belle-mère, qu'il souhaiterait, comme souvent, qu'elle relise.

Claire passe rapidement sur le récit des relations de plus en plus tendues entre l'Est et l'Ouest, sur ce qui s'appelle désormais la *guerre froide*, pour s'attarder sur un passage qui la concerne.

« Par Claire, je partage votre vie, vos joies et vos soucis, par elle vous savez ce qui se passe ici, nos occupations, nos projets. Par moi, vous ne pourrez apprendre que ce que Claire ne vous dit pas, c'est-à-dire qu'elle est plus qu'adorable (et plus qu'adorée) avec chaque jour qui passe. J'en oublie souvent de lui raconter certaines choses sur mon travail ou sur mes occupations de la journée, tant je la sens présente à mes côtés à tout moment. Elle n'est jamais absente de ma vie, j'ai l'impression qu'elle est une partie de moi, et pourtant je découvre constamment quelque chose de nouveau qui me fait l'aimer plus.

Ma mère est partie. Je ne l'aurai vue que le soir et encore n'était-ce souvent qu'au milieu d'autres gens car notre maison a été un grand centre de réunions. Claire par contre a passé avec ma mère, presque toujours en tête à tête, le plus clair de ses journées, et vous ne pouvez imaginer à quel point elle a été en toute occasion et dans tous les domaines adorablement gentille. Ma mère est repartie en excellente santé physique et morale, heureuse, reposée, apaisée, ravie de son séjour, toutes choses qui sont uniquement dues à Claire. »

Par pudeur, Claire s'est détournée de façon à dissimuler l'émotion qui s'est emparée d'elle à la lecture de la lettre. Elle se savait, elle se sait aimée, mais une part d'elle-même en doute encore, en doutera toujours. Wia se méprend et s'inquiète :

— Ça ne va pas ? Je suis ennuyeux ?

Claire alors se reprend, en dissimulant sa soudaine envie de rire sous un air grave :

— Non, Wia, non. Mais tout de même, quand tu écris à maman...

Elle cherche le passage auquel elle pense, le trouve et lit :

« Vicouny est toujours égal à lui-même, c'est-à-dire le chien parfait (pour Claire et moi) ou totalement imbécile (pour le reste de l'humanité). Il suit Claire pas à pas et partout, et l'adore (comment pourrait-on faire autrement). Voici donc à peu près les nouvelles de la famille. »

— Et alors ?

— Et alors, c'est invraisemblable que tu ne puisses pas comprendre que maman se fiche comme d'une guigne de Vicouny !

L'accouchement se passe mal. L'enfant qui a respiré trop tôt s'est étouffé et ne doit la vie qu'au savoir-faire du médecin accoucheur. Claire, à demi consciente, souffre beaucoup. Elle n'a pas dormi depuis plus de vingt-quatre heures, elle est épuisée. Quand on lui dit que l'enfant est sauvé, que c'est une petite fille maintenant en parfaite santé, elle refuse de la voir. « Tout ça, pour ça ! » proteste-t-elle en se tournant du côté opposé et en sombrant dans un profond sommeil.

Quand elle se réveille, le soleil couchant éclaire la chambre où elle se trouve. Par la fenêtre, elle voit les branches d'un tilleul agitées par la brise et, sur la table de nuit, un bouquet de fleurs. Puis, un berceau qui lui fait face, au pied du lit. Alors elle se souvient avoir accouché d'une petite fille et réalise que le berceau est vide. Elle prend peur : et si l'enfant qui avait eu tellement de mal à naître n'avait pas survécu ? Elle cherche une sonnette, quelque chose qui lui permettrait d'appeler au secours.

Mais la porte s'ouvre sur Wia tenant le bébé dans ses bras, suivi d'Olga et de Rolanne. Tous trois sont aussi radieux qu'émus. Ils se lancent dans un bavardage confus d'où il ressort qu'ils sont rassurés, fous de joie, et que tous les habitants du 96 attendent avec impatience le moment où ils pourront venir embrasser Claire. Celle-ci a envie de leur dire de faire moins de bruit, de cesser de s'agiter.

— Demain, après-demain au plus tard, j'irai présenter ma fille à tous nos amis, dit Wia. Regarde-la de près : un vrai moujik !

Il lui tend le bébé que Claire refuse avec mauvaise humeur.

— Je suis trop fatiguée, dit-elle d'un ton morne.

Wia, un peu désemparé, se tourne vers Rolanne et Olga comme pour leur demander ce qu'il faut faire avec une femme, la sienne, devenue mère depuis quelques heures. Rolanne a un joyeux haussement d'épaules pour signifier que c'est sans importance et qu'il faut laisser à Claire le temps de s'habituer. Elle prend le bébé contre sa poitrine, le berce, le chatouille, chantonne le début d'une comptine. L'enfant pousse des petits cris qui attendrissent Olga.

— Prête-le-moi, demande-t-elle.

— Non, c'est mon enfant de Berlin.

Rolanne, le bébé toujours contre elle, danse maintenant autour du lit, comme pour communiquer au nouveau-né un peu de la joie que sa venue suscite. « Mon enfant de Berlin, mon enfant de Berlin », ne cesse-t-elle de répéter. Wia s'est assis près de Claire. Il lui a pris les mains, lui raconte les coups de téléphone passés à leurs deux familles, les félicitations de tous, les télégrammes qui commencent à arriver de partout.

Mais Claire ne l'écoute qu'à moitié. Elle regarde avec un mélange d'irritation et de stupeur Rolanne virevolter avec le bébé, Olga qui tente de s'en emparer. L'exaspération finit par l'emporter.

— Rendez-le-moi, mon enfant de Berlin.

Rolanne ne se fait pas prier. Claire, avec crainte tout d'abord, puis avec un peu plus d'assurance, l'installe au creux de son épaule. Qu'il se laisse faire sans crier, sans pleurer, qu'il soit à ce point-là confiant, content même, la bouleverse. Elle comprend confusément qu'il vient d'elle, qu'il est à elle. Elle s'étonne, naïvement, sincèrement, d'avoir été capable de fabriquer un tout petit humain.

— C'est invraisemblable, murmure-t-elle.

Elle caresse la peau, si douce, si tendre, vérifie qu'il a bien deux mains, deux pieds, demeure interdite devant les sourires que l'enfant lui adresse, les gazouillis satisfaits qui sortent de sa bouche. Elle le sent si sûr d'être à la bonne place qu'une vague d'amour et de gratitude l'envahit. Elle ne réalise pas le silence qui s'est fait autour d'elle, l'attention de Wia, de Rolanne et d'Olga suspendus au moindre de ses gestes.

— Mon enfant de Berlin, murmure-t-elle encore.

Avec prudence, avec timidité, elle embrasse les mains, le front, le duvet doré sur la tête. Et soudain, avec un mélange d'humour et de reproche :

— Mon Dieu, Wia, tu ne m'avais jamais dit qu'il y avait des roux dans ta famille !

— Et le bébé, c'était toi. Tes parents ont été les premiers à s'aimer, les premiers à se marier et toi, la première à naître. C'est pourquoi tu es restée, au-delà de toutes ces années, notre premier enfant, notre enfant de Berlin. Mes fils sont nés ailleurs, ceux de Mistou aussi et ton frère à Rome, si je me souviens bien.

Olga savoure le récit qu'elle vient de faire. Il lui a permis de partir loin, très loin dans le passé à la recherche de souvenirs heureux. Ce sont les mêmes que ceux de Claire, Wia, Rolanne, Plumette, Mistou et Léon de Rosen. Tous pensent avoir vécu à Berlin les plus belles années de leur vie, les plus intenses. Ils étaient jeunes, avec un désir fou d'oublier les souffrances de la guerre, d'aider les autres. Rechercher les personnes disparues, les retrouver, les sauver était un idéal à la hauteur de leurs exigences. Cet idéal a cimenté leur amitié. Ils furent toutes et tous sur ce sujet d'une discrétion et d'une modestie admirables.

Aujourd'hui, en 2008, seules Olga et Plumette peuvent en témoigner. Wia est mort le premier, très tôt, beaucoup trop tôt. Trente ans après, ce fut le tour de Claire, puis de Rolanne, de Mistou et de Léon de Rosen.

Dans son appartement, près de la cathédrale orthodoxe russe Saint-Alexandre-Nevsky de la rue Daru, Olga continue de se souvenir. Elle prend mes questions très au sérieux, ne veut pas se tromper dans ses réponses. Ses silences, quand elle réfléchit, sont des pauses qui me permettent de voir s'incarner, comme ressuscités, ces êtres maintenant disparus. Mon admiration à leur égard l'étonne.

— Nous avions eu la chance d'avoir survécu, cette mission de recherche des personnes disparues s'est improvisée dans l'urgence. Nous ne nous connaissions pas, nous venions de milieux très différents mais nous avions ça en commun : être en vie. Et puis il y avait la fantastique énergie de Léon et de Wia, le courage des filles de la Croix-Rouge, et puis...

Un sourire malicieux éclaire le beau visage d'Olga.

— ...et puis il y a eu cet amour entre tes parents. Un amour qui nous éblouissait, qui rejaillissait sur nous et qui nous soudait tous ensemble. Quelque chose qui nous rendait incroyablement heureux et solidaires de leur bonheur, de leur mariage, de ta naissance, mon enfant de Berlin.

Nouveau silence. Aucun bruit ne résonne dans le grand appartement vide. Sur le plateau, le thé est froid depuis longtemps et nous n'avons pas touché aux gâteaux disposés avec soin par Olga, deux heures auparavant. C'est un après-midi d'hiver, il fait sombre. Je me lève pour allumer quelques lampes. Je contemple, dans leur cadre, des photos d'Olga et de Léon de Rosen qui se sont mariés en 1948 juste avant la dispersion de l'équipe du 96 Kurfürsten-damm ; des portraits de leurs enfants aux différents âges de la vie et de leurs nombreux petits-enfants. Photos de groupes, photos de fête, photos d'une famille unie. Une boule de chagrin me serre la gorge. Je pense à Claire et Wia, à leurs courtes années de bonheur.

Olga est restée une femme très intuitive qui semble comprendre ce que j'éprouve. Ou bien nos pensées suivent plus simplement la même direction.

— Après Berlin, la vie ne fut plus jamais comme avant. Elle ne nous a pas distribué que des cadeaux, comme tu sais.

Elle cherche ses mots.

— Tes parents qui se sont tant aimés, ont buté plus tard sur tout ce qui les différenciait. C'était vraiment le jour et la nuit. Il faut que tu les imagines. Ton père, solaire, débordant d'énergie, extraverti, toujours prêt à faire la fête ; ta mère, par moments tellement sombre, pas pressée d'aller au-devant des autres et migraineuse, si migraineuse... En voyant Claire et Wia au moment de leur mariage, je me souviens avoir pensé : « Une vitalité comme celle de Wia et les migraines et les crises de foie de Claire... Il ne peut pas la comprendre, un jour il lui reprochera de s'enfermer dans le noir des journées entières. » Oui, je me souviens avoir pensé ça... Tu veux que je continue à te dire ce que je me souviens avoir pensé ?

Elle devine plus qu'elle n'entend le « oui » que je murmure.

— Il faut que tu fasses un effort, que tu imagines d'où venaient tes grands-parents russes. Le jour du mariage de Claire et de Wia, il y avait le groupe si élégant des Français et le groupe des Russes qui l'était tellement moins. Ceux-là sortaient de quatre années de guerre particulièrement dures. Ils étaient devenus pauvres, ils ne savaient pas tous comment se vêtir, comment s'intégrer. Pas l'exquise princesse Sophie, en tout cas. Mais c'était typique de cette époque, si typique... Si je te raconte ça, c'est pour que tu comprennes ta mère, si française, si peu internationale, si peu cosmopolite, et ton père qui était l'inverse. Mais qu'ils se soient aimés, oui... Durant toute ma vie, je n'ai jamais rien vu de semblable...

Olga commence à donner quelques signes de fatigue. Nous avons passé l'après-midi ensemble à remonter le temps à la recherche de Claire, de Wia et des autres. Elle avait préparé soigneusement cet entretien, avait trié ses souvenirs. Elle s'était engagée, sans que je le lui demande, à la plus grande franchise. Un coup d'œil à ma montre m'indique qu'il est temps de prendre congé et je quitte le divan sur lequel j'étais assise. Mais Olga me fait signe de me rassoir.

— Tu le sais sûrement, mais tu as failli mourir à ta naissance. Sans l'intervention de l'accoucheur allemand, tu ne serais pas là à m'écouter. Il t'a sauvé la vie. Quelques semaines plus tard, il a été arrêté, jugé et pendu : c'était un criminel de guerre. Quand nous l'avons appris, cela ne nous a pas trop impressionnés. Nous n'avions pas encore mesuré l'horreur absolue de l'extermination des Juifs, nous ne savions pas tout ou nous ne voulions pas encore tout savoir, je ne me souviens plus très bien. En 1945, 1946 et même en mai 1947, à Berlin, on avait besoin de nous. Il y avait encore tant de personnes disparues à retrouver, à sauver, à rendre à leur famille...

Dans la nuit froide de l'hiver, je marche un peu au hasard rue Daru, rue de la Neva, autour de la cathédrale orthodoxe russe Saint-Alexandre-Nevsky. Sur le pas de sa porte, Olga, quand je l'ai quittée, m'a retenue un instant comme si elle avait encore quelque chose à me dire sur ce qui a été et qui n'est plus, sur l'oubli. Puis, elle a haussé les épaules. « *Nitchevo, nitchevo* », a-t-elle murmuré.

Remerciements à Jeanine Ivoy, Olga de Rosen et Pierre Wiazemsky.

DU MÊME AUTEUR

COLLECTION FOLIO

Composition CMB Graphic
Impression Maury-Imprimeur
45330 Malesherbes
le 23 mars 2015.
Dépôt légal : mars 2015.
1ᵉʳ dépôt légal dans la collection : janvier 2011.
Numéro d'imprimeur : 196956.

ISBN 978-2-07-044038-2. / Imprimé en France.